KB097804
©Indo Maki

이상하게
그리운 기분

이상하게
그리운 기분

나의 도쿄와

너의 서울을

말할 때면

갈매기 자매
かもめ姉妹

HANA, MAKI

카멜북스

駐車禁止

프롤로그

바다 건넌 편지의 자초지종

―――――― 오랫동안 좋아해 온 『쿠넬(ku:nel)』이라는 잡지가 있습니다. 그 잡지에는 매달 「에쿠니 가오리 자매의 왕복서간(江國香織姉妹の往復書簡)」이라는 연재가 실렸습니다. 작가 에쿠니 가오리와 그녀의 동생이자 편집자인 에쿠니 하루코가 각각 두 통의 편지를 매달 교환하며 소소한 일상을 나누는 기획이었죠. 대부분 시시콜콜한 이야기였지만, 자매임에도 적당한 거리감을 유지하면서 서로의 일상을 가만히 받아들이고 따뜻하게 이야기를 들어 준다는 느낌이 들었어요. 이 연재를 읽을 때마다 나도 이런 편지를 나눌 수 있는 사람이 있으면 좋겠다고 생각했습니다. 일종의 동경이었습니다.

그런데 언젠가부터 그 편지의 상대로 마키가 떠올랐습니다. 우리의 대화는 언제나 서로의 안부를 묻고 듣는 것으로 시작해 우리만의 속도로 살아가자는 이야기로 마무리되잖아요. 거창한 무엇이 없더라도 소박한 일상을 소중히 여기는 마음. 태어난 나라도, 환경도, 언어도 다르지만 마키라면 일상의 순간들을 나누는 일이 어렵지 않을 것 같았습니다. 그런 마음을 오랫동안 품어 왔어요.

마키와는 도쿄에서 한국어 선생님과 학생의 관계로 만났고 제가 한국에 들어온 뒤에는 서울과 도쿄를 오가며 친구로 지냈습니다. 하지만 사실 서로에 대해 잘 아는 사이는 아니었습니다. 아니, 몰랐다고 하는 게 정답일 테지요. 그저 멀리서 서로를 응원하고 잘되기를 바라는 마음만을 주고받았습니다. 그리고 이제야 마키에 대해 조금씩 알아 가고 있는 것 같습니다.

코로나19 팬데믹이 시작되면서 세상은 전혀 예상치 못한 방향으로 흘러갔습니다. 온통 제약으로 가득한 일상이 이어졌고, 더 이상 서울과 도쿄를 넘나들며 서로를 만나는 일이 불가능했습니다. 문자로만 서로의 안부를 묻다가 처음 화상 통화를 한 날, 무엇이든 함께 해 보면 좋겠다고 이야기를 늘어놓던 제게 "언니, 우리 한번 해 봐요."라며 마키가 손을 잡아 주었습니다. 국적도 나이도 다른 두 사람이 '갈매기 자매'로 연결되는 순간이었죠.

우리가 나눈 편지는 각자의 위치에서 팬데믹을 지나온 이야기이자 두 사람이 서로를 조금씩 더 알아 간 이야기이기도 합니다. 또한 동시대를 살아가는 한국과 일본의 평범한 여성 둘이 서울과 도쿄에서 답답한 일상에 산들바람 한 점을 불어넣고자 나눈 편지이기도 합니다. 부디 이 편지를 읽는 분들의 마음에도 산들바람이 스치기를 바랍니다.

하나

——— 처음 언니와 만났던 날의 일을 지금도 생생하게 기억합니다. 도쿄 에비스역 앞에 있는 산마르크 카페의 1층 한가운데 자리에서 우리는 만났습니다. 언니에게 한국어 체험 레슨을 받기 위해서였습니다. 동일본대지진이 일어난 지 얼마 되지 않았을 때 일 때문에 한국을 처음 방문했었는데, 침체되어 있던 몸과 마음이 그 체류 기간 동안 신기하게도 많이 회복되었어요. 어째서였을까. 24시간 잠들지 않는 서울의 열기 속에서 기운을 북돋우는 음식들을 먹으며 힘을 얻었는지도 모르겠습니다. 그 후로 한국어를 배우고 싶다고 생각했어요. 인터넷으로 한국어 교실을 찾아보니 종류가 정말 많아서 일단은 카페에서 일대일 대면 레슨을 받아 보기로 했습니다. 여러 선생님 중에서 선택한 사람이 언니였습니다.

우리는 어색한 인사를 하고 가볍게 잡담을 나누었어요. 공통적인 이야깃거리도 꽤 있어서 이 선생님과는 마음이 맞을 것 같다고 느꼈습니다. 그러는 사이 이야기가 점점 무르익어 가더니 어찌 된 일인지 한동안 언니의 연애 이야기를 듣게 되었지요. 언니가 그날의 일을 기억할는지 모르겠지만 그때 나는 수업은 언제 시작하는 거지, 생각하면서도 좋아하는 사람에 대해 기쁘다는 듯 천진난만하게 말하는 언니의 모습을 보면서 이 사람은 분명 좋은 사람일 거라고, 앞으로도 이 선생님에게 배워야겠다고 마음을 정했습니다.

인연이라는 것은 참 신기합니다. 그 후로 우

리의 관계는 선생님과 학생에서 점차 친구 사이로, 그리고 '갈매기 자매'라는 일종의 팀으로 발전해 갔습니다.

그날의 직감은 정확했습니다. 성실한 노력파이면서 장난꾸러기 같은 면도 있는 언니를 어느새 친구로 좋아하게 되었으니까요. 팬데믹으로 서로 만날 수 없는 시간을 넘어 앞으로도 어떤 형태로든 지속될 이국의 친구와의 연대를 생각하면 언제나 마음이 따뜻해집니다.

우리는 특별한 사람들이 아닙니다. 오늘도 서울과 도쿄의 골목길을 걷는 누군가이며 당신이 들른 카페의 옆 좌석에 앉아 있을지 모를 사람들입니다. 그렇게 우연히 만난 이름 모를 누군가의 이야기에 조용히 귀를 기울이듯 한 손에는 커피를 들고 이 편지를 즐겁게 읽어 주신다면 좋겠습니다.

마키

차 례

계절은 변함없이 돌아오고
우리의 시간도 어김없이 흘러요

한국은 요즘 장미의 계절입니다. 골목길 주택 담장마다 빨간 장미가 활짝 피어 있어 동네를 산책할 때면 저절로 입꼬리가 올라갑니다. 딱 이 시기에만 볼 수 있는 풍경이지요. 담장을 넘어 흐드러지게 핀 장미를 향해 자꾸만 손을 뻗게 돼요. 지금 이 계절과 손잡는 것처럼. 일본은 곧 수국의 계절로 접어들겠지요? 며칠 전 휴대전화 사진첩을 보다가 마키와 메구로에 있는 오래된 킷사텐 '커피의 집 두(コーヒーの店 ドゥー)'에서 만났던 사진을 발견했습니다. 그때가 2019년 6월이었으니 벌써 2년 전이네요. 몇 달 후에 이런 세상을 맞이하게 될 거라고는 까마득히 모른 채 사진 속의 마키와 나는 지금보다 조금은 앳된 얼굴로 환하게 웃고 있었습니다.

김성수 감독의 〈감기〉라는 영화가 있습니다. 2013년에 개봉한 영화인데 호흡기로 감염되는 최악의 바이러스가 퍼져 도시가 폐쇄되고 사람들이 살아남기 위해 사투하는 내용입니다. 지금 우리의 상황과 너무 닮아 있지요. 팬데믹 초기의 혼란과 불안은 상상할 수 없을 정도였어요. 아마 일본도 그랬을 겁니다. 당장 손쓸 방법이 마스크를 쓰는 것밖에 없어 마스크 대란이 일어났고, 시도 때도 없이 휴대전화로 확진자의 정보와 동선이 노출되었으며 어디를 가든 발열 체크와 손 소독을 해야 했어요. 그게 벌써 1년 전 일이라니. 여전히 마스크 없이는 밖에 나가지 못하고 집이 가장 안전한 상황입니다. 집순이의 단골 멘트인 '이불 밖은 위험해'가 현실이 되어 버렸네요. 곧 백신이 나온다던데 그럼 이 생활도 서서히 끝나 갈까요?

이런 상황과는 무관하게 작년 봄 나는 다니던 출판사를 그만두었습니다. 좋은 기회로 들어간 회사였는데 여러 이유로 그렇게 되었어요. 거기에는 잘하고 싶어서 스스로 채근했던 나 자신의 문제도 있었습니다. 번역가로 데뷔하자마자 편집자가 되었으니 경력이 없는 것은 당연한 일. 그 간극을 메우기 위해 입사한 순간부터 전속력으로 내달렸더니 언젠가부터 삐걱대기 시작한 것 같습니다. 밀려오는 마감을 쳐내기만 하는 것에 지치기도 했고요. 생각보다 잘 적응했고, 편집자로서 번역가로서 배우는 것도 많아 즐겁게 일했기 때문에 어떤 면에서는 그만두기 아쉽기도 했습니다. 하지만 갈수록 피폐해지는 나를 지키기 위한 선택이었습니다.

입사 첫날 사무실 모니터에 이 말을 붙여 놓았어요. 너무 열심히 하지 않도록 노력하기(頑張らないように頑張る). 언젠가 일본 드라마인가 책에서 보고 기억에 남아 챙겨 두었던 문장입니다. 열심히 하지 않기 위해 노력까지 할 일인가 싶겠지만, 한 가지에 매달려 어깨에 힘이 잔뜩 들어간 채 앞만 보고 달리다가 언제나 헛도는 나에게 꼭 필요한 말이었어요. 가끔 어깨에 힘을 꽉 주고 과속하는 기분이 들면 이 말을 떠올리고 브레이크를 겁니다. 그런데 이번에는 머릿속 어딘가에 이 말을 꾸깃꾸깃 쑤셔 넣고 전속력으로 달리고 말았네요. 시야가 얼마나 좁아졌기에 바로 눈앞에 붙여 놓은 문장조차 보지 못했던 것인지.

퇴사를 앞두고 킨츠기(金継ぎ, 이가 나가거나

깨진 그릇을 수선하는 일)를 배우기 시작했습니다. 토요일 오후 단 세 시간, 오롯이 그릇에만 집중하며 보냈습니다. 그때마다 머리가 비워지는 기분이 들었어요. 어느 날 수업을 마치고 공방 문을 나서는데, 일 외에 다른 것에도 이렇게 시선을 두었다면 회사 생활을 조금 더 할 수도 있었을 텐데 싶었습니다. 순간 그렇게 생각하는 자신에게 놀라면서 그동안 나는 숨구멍이 필요했던 거였구나 깨달았지요. 당시에는 나를 둘러싼 상황들이 괴롭기만 했는데 1년의 시간이 지난 지금 힘든 기억은 대부분 희미해졌다는 게 신기합니다. 사람은 살기 위해 안 좋은 기억은 잊는다고 하더군요.

지금은 퇴사 2회차, 프리랜서 2회차입니다. 도쿄에서 지내다 한국으로 돌아와 일본인에게 한국어를 가르쳤던 프리랜서 1회차 때는 일이 거의 없었어요. 출판 번역을 공부하며 번역가 데뷔를 목표하던 때였죠. 그런데 이번에는 퇴사하면서부터 일을 맡게 되어 작년에는 외주 편집 작업을 많이 했습니다. 힘들었어도 출판사에 다닌 경력 덕분에 스펙이 하나 더 생겼구나 싶었죠. 한편으로는 번역가로 어렵게 데뷔했는데 이대로 번역 일과는 멀어지면 어쩌지 하는 조급함과 불안도 있었습니다. 다행히 올 상반기에는 번역과 외주 편집 작업의 비율이 반반 정도가 되었네요.

팬데믹으로 세상이 일제히 멈추더니 돌연 뉴노멀 시대로 훅 날아온 느낌입니다. 오프라인이 당연했던 일들이 지금은 대부분 온라인에서 이루어지고 있지요. '갈매기 자매'도 줌으로 만나 대화를 나누며 시작하게 되었잖아요. 실제로 대면하지는 못해도 온라인으로 얼굴을 보고 일하고 회식도 하며 관계를 맺는 세상. 우리는 주어진 상황에서 할 수 있는 방법을 찾아 나가고 있습니다. 온라인이 당연한 세상이 되자 사람들은 오히려 과거보다 오프라인 활동에 더 적극적인 모습입니다. 많은 행사가 점점 더 세분화되고 다양한 취향이 반영되고 있어 더욱 그렇겠지만, 직접 경험하는 일에 다들 목이 마른 것일 테지요. 어쩌면 우리는 온라인과 오프라인을 균형 있게 활용하는 방법을 터득하고 있는 중일지도 모르겠습니다.

프리랜서로 지내는 나의 생활은 단순하고 규칙적입니다. 혼자 일하다 보니 한번 느슨해지면 자꾸만 늘어져서 프리랜서 1회차부터 정한 루틴을 그대로 실천하고 있어요. 일이 있든 없든 아침을 먹고 커피를 내려서 9시에는 컴퓨터를 켜고 오후 5시까지 일합니다. 식사 시간은 점심은 11시 반, 저녁은 5시 반에 한 시간씩. 너무 늦게까지 일하면 다음 날 오전에 집중이 되지 않아 야근은 되도록 피합니다. 미팅이나 약속이 있는 날은 그에 맞춰 조정하지만 거의 이 루틴으로 움직입니다. 그런데 팬데믹 이후로는 훨씬 더 단순해졌어요. 아침에 일어나 여느 때처럼 커피를 내리고 일하고 밥 먹고 산책하고 잠드는 삶이지만, 누군가를 만나기 위해 쏟던 수고를 오로지 나에게만 기울이다 보니 이상하게 꽉 찬 느낌이 듭니다.

요 몇 년 사이 내게 일어난 가장 큰 변화는 입사와 퇴사를 거쳐 다시 프리랜서가 된 일이지만 코로나로

인해 일상을 다른 시선으로 들여다보게 된 것도 있습니다. 지금까지 나는 그저 살아가기만 하면 모든 일상이 자연스럽게 주어진다고 생각했습니다. 하지만 절대 그렇지 않지요. 타인의 손길과 수고가 더해져 만들어지고 유지되는 일상이었습니다. 그걸 팬데믹 상황에 놓이고서야 알게 되었어요. 생활의 중심에는 분명 내가 서 있지만, 넘어지지 않도록 주변에서 촘촘히 지탱해 주고 있었던 거였죠. 멀리 가지도, 사람들을 자주 만나지도 못하는 지금, 근처에 친구가 살고 자주 가는 카페와 식당이 있다는 게 얼마나 감사한지 모릅니다. 보통의 일상이란 존재하지 않고 모든 게 특별합니다. 비록 내 의지가 아닌 강제적인 상황이지만, 그렇게라도 멈추었기에 마주 보고 깨달을 수 있었던 것이겠지요. 꼭 잃어 봐야 정신을 차리나 봅니다. 사실 이렇게 말하면서도 금세 잊었다가 또다시 알아차리는 것의 반복이지만요.

두서없이 많은 이야기를 했습니다. 마키는 어떻게 지냈나요? 영화 〈카모메 식당〉에서 힌트를 얻어 바다 건너 서울과 도쿄를 자유롭게 왕복하는 모습을 그리며 시작한 갈매기 자매, 앞으로 잘 부탁해요!

2021년 6월

좋아하는 일본 음식을 꼽자면 라멘, 스키야키, 나폴리탄 등 많지만 그중에서 가장 좋아하는 건 함박스테이크입니다. 진한 데미글라스 소스에 육즙 가득한 함박스테이크를 잘라 한 입 먹으면 그 순간이 행복 같거든요. 함박스테이크 전문점도 좋지만 나는 역시 킷사텐이나 동네 식당에서 먹는 게 가장 좋습니다. 도쿄에 가면 그날의 목적지 주변에 동네 사람들이 갈 만한 함박스테이크 식당이 있는지 찾아서 먹을 정도예요(미술관도 좋아해서 언젠가 '미술관과 함박스테이크'라는 주제로 글을 쓰면 재미있겠다고 생각합니다).
도쿄에 대한 그리운 마음도 달랠 겸 얼마 전 서울에서 유명한 함박스테이크 식당에 다녀왔습니다. 일민미술관 1층에 있는 '카페 이마'라는 곳입니다. 1926년에 지어진 이곳 건물은 근대 르네상스 건축 양식이 잘 보존되어 있습니다. 그러고 보니 곧 100년이 되는 건축물이네요. 오래전부터 이곳의 함박스테이크가 맛있다고 알고는 있었지만 좀처럼 가볼 기회가 없었습니다. 사람이 많은 곳은 아무래도 꺼려져서 조금 이른 점심시간에 카페를 찾았습니다. 나처럼 일찍 점심을 먹는 회사원들이 드문드문 자리하고 있었습니다. 이 시간에 회사원들 사이에 끼어 있으니 묘한 기분이 들었어요. 밖에서 밥을 먹는 것 자체도 오랜만이었고요. 1년 가까이 외식은 꿈도 꾸지 못했으니까. 소스를 듬뿍 얹은 함박스테이크와 반숙 달걀이 올라간 밥, 코울슬로가 함께 나왔습니다. 얼마 만에 먹는 함박스테이크인지. 조금씩 잘라 소스를 듬뿍 찍어 먹어 보니 부드러운 고기와 약간 묽은 소스가 잘 어우러져 소문대로 맛있더군요. 중간에 커다란 잔에 커피가 나와 깜짝 놀랐는데 그 커피도 유명하다고 합니다. 보이지 않는 바이러스에게서 내 몸을 지키기 위해 되도록 한산한 시간대를 골라 식사 중에만 마스크를 벗어야 했지만 외식은 참 좋네요. 세상에서 가장 맛있는 밥은 남이 해 주는 밥이라고 엄마가 늘 말하는데 그 말이 정답인 듯합니다. 함박스테이크 이야기를 하다 보니 역시 도쿄의 킷사텐과 동네 식당에서 먹던 함박스테이크가 그리워집니다. 마키는 자주 가는 함박스테이크집이 있나요? 나 대신 먹으러 가 주지 않을래요?

일민미술관 전경

두 번째 편지

그래도 잘 살아가요

마키

알고 지낸 지 오래된 우리가 새삼 편지를 주고받으니 약간 어색하기도 하고 간지럽기도 합니다. 마지막으로 만났던 게 벌써 2년 전이라니요. 도쿄는 이제 수국의 계절이 되었습니다. 일기예보에서는 장마가 시작되었다고 했지만 맑은 날씨가 이어지고 있어요. 오늘은 낮 기온이 30도가 넘어 한여름 날씨입니다. 주택가 좁은 골목길의 수국 위로 드리운 햇살이 뜨거워 보이고, 신사에 있는 나무들의 연한 잎들도 어느새 진한 초록으로 바뀌었습니다. 도쿄라는 회색빛 캔버스에 가장 생기 있는 색채가 더해지는 계절입니다.

언니의 편지에 담긴 빨간 벽돌 주택과 장미가 정말 예뻐서 나도 그 사진 속을 걷고 싶어졌어요. 한국에 가면 '아, 내가 지금 한국에 있구나.' 하고 문득 실감하게 만드는 것들이 있는데 그중 하나가 바로 주택가의 풍경입니다. 붉은 벽돌을 쌓아 올린 집들과 청록빛 유리창, 강렬한 초록색 페인트를 칠한 옥상과 계단의 독특한 색감. 한국 하면 요리나 한복의 화려한 색을 떠올릴 법도 한데, 나는 이런 풍경들이 먼저 떠오릅니다. 그러고 보니 이맘때 한국에 간 적은 없었네요. 언젠가 초여름의 서울을 찾아 언니가 보내 준 사진 속 풍경을 산책하고 싶습니다.

코로나19 팬데믹이 시작된 지도 벌써 1년. 정말로 영화 속에서 살고 있는 듯한 기묘한 시간이었습니다. 어느 시점을 경계로 온 세상이 감염에 대한 공포와 불안에 휩싸이게 되었으니까요. 언니는 그사이 회사를 그만두고 프리랜서가 되었군요. 모든 일이 간단하지 않았을 것 같습니다. 언니의 내면에 숨은 용기가 종종 발휘될 때마다 놀라곤 하는데 이번에도 그렇네요.

나의 생활을 돌아보자면, 역시 처음에는 상황에 이리저리 많이 휘둘렸습니다. 언니도 알고 있듯이 우리 집의 생업은 영상을 만드는 일이잖아요. 그런데 팬데믹이 터지면서 진행 예정이었던 일들이 다 취소되었어요. 아들의 학교는 한동안 전체 휴교하다가 재개했는데 등교가 불규칙해졌습니다. 앞으로 내 생활이 어떻게 돌아갈지 전혀 감이 잡히지 않아서 뉴스라도 볼라치면 온갖 분노와 불확실한 정보가 넘쳐 더 불안해지기만 했고요. 내가 할 수 있는 일이 아무것도 없다는 사실이 답답해 점점 숨이 막혀 왔습니다. 이러다가는 정신적으로 계속 피폐해지겠다 싶어 언젠가부터 뉴스 같은 미디어를 보지 않기로 했어요. 그러자 거짓말처럼 편안한 시간이 찾아왔습니다. 우리 집은 넓지 않지만 햇살이 잘 들고 탁 트인 하늘도 보여서 집에서만 머무는 생활에 오히려 안성맞춤이었습니다. 안절부절못한다고 해결되는 일도 아니니 일단 그 시간을 소중하게 보내야겠다고 생각했어요.

아침에 일어나면 커튼을 젖히고 멀리 보이는 후지산에 가족 모두 아침 인사를 합니다. 그러고는 각자 원하는 시간을 보내요. 평상시에는 바빠서 뒤로 미루었던 일을 마음껏 합니다. OTT 서비스로 영화와 드라마를 몰아서 보고 책과 만화도 실컷 읽고 아이와 게임도 많이 하고요. 집을 정리하며 옷을 비우고 식물을 기르고 요가와 명상을 하고 날씨가 좋으면 밖을 산책했습니다. 남편과 아들의 온화하고 쾌활한 성격 덕을 톡톡히 보았어요. 마감에 쫓기지 않고 느긋하게 생활하는 게 얼마 만인지. 내게도 마음먹고 멈추는 시간이 필요했다는 걸 인정하게 되었습니다. 가족 셋이서 함께 보내는 이 시간이 생활을 정돈하기 위한 좋은 공백이 되고 있는 것 같아요.

그러던 중에 작업 의뢰를 하나 받았습니다. 함께 자주 일했던 싱어송라이터 아오야 아스카 씨의 곡 '병꽃나무꽃(タニウツギの花)'의 뮤직비디오를 제작하는 일이었죠. 아오야 씨가 한 아동학대 사건의 뉴스를 보고 그에 대한 자신의 신념과 생각을 담아 만든 곡으로, 처음에는 촬영지에 실제로 나가 촬영하면 좋겠다고 했습니다. 하지만 코로나19 때문에 외부 촬영이 어려웠고 무엇보다 이 곡의 뮤직비디오는 애니메이션으로 만드는 게 더 낫겠다는 생각이 들었어요. 그래서 남편과 함께 직접 그림을 그려서 애니메이션을 만들기로 했지요. 대략 구성과 컷의 흐름을 정한 다음 아이패드 두 대를 놓고 남편과 매일 그림을 그리는 날들이 이어졌습니다. 스마트폰이나 태블릿만 있으면 웬만한 일은 다 할 수 있는 세상에 산다는 걸 몸소 겪은 거예요.

둘 다 애니메이션 제작은 처음이라 애플리케이션을 사용하는 방법부터 하나하나 배워 나갔기 때문에 아무래도 시간이 많이 걸렸어요. 하지만 그 시간이 어쩐지 신선하고 즐거웠습니다. 초보이기 때문에 잘해야겠다는 부담감이 적었고, 이 시기에 누군가에게 조금이라도 도움이 될 수 있단 사실이 마냥 기뻤습니다.

조금씩 일상이 회복되고 있는 듯하지만 역시 아이들은 안쓰러워요. 아들에게 물어보니 점심시간에 각자 뿔뿔이 흩어져 밥을 먹고, 말을 하면 혼난다고 하더라고요. 보통 때라면 책상을 붙이고 친구끼리 모여 앉아 즐겁게 밥을 먹었을 텐데 말이죠. 소풍을 가서도 조를 짜서 등을 맞대고 도시락을 먹었다고 하니 정말 속상했습니다. 자유롭지 못한 행동을 강요당하고 있는 것이니까요. 정작 본인은 별거 아닌 양 받아들이고 있지만. 팬데믹이 얼른 끝났으면 좋겠다는 생각만이 절실합니다. 하지만 팬데믹이 끝난다 해도 이전 세계와는 다르겠지요. 지금 내가 할 수 있는 일은 매일을 잘 살아가는 것뿐일지도 모르겠습니다.

언니는 오늘 점심으로 뭘 먹었나요? 나는 언니 대신 함박스테이크를 먹으러 다녀왔습니다. 오늘 간 곳은 나카메구로(中目黒)에 있는 '키친 펀치(キッチンパンチ)'입니다. 부러워하는 언니 목소리가 들려오는 것만 같네요. 예전에 우리가 함께 갔던 곳이죠. 이 동네에서 인기 있는 노포 양식집인데 최근에는 가게 앞 줄이 매번 무척 길어서 인기가 더 많아졌나 했거든요. 알고 보니 코로나19에 대응하느라 좌석 수가 반으로 줄어든 것이었습니다. 오늘도 40분 만에 들어갈 수 있었어요. 주문한 것은 물론 '함박스테이크 정식'.

키친 펀치의 함박스테이크는 육즙이 주룩 흘러내리는 스타일보다는 부드럽고 소박한 함박스테이크에 가깝죠. 고기 위에 데미글라스 소스를 뿌린 다음 반숙 달걀 프라이를 올린 형태입니다. 접시 한쪽에는 채 썬 양배추와 카레 풍미가 느껴지는 스파게티, 그리고 오렌지 한 조각이 놓여 있어요. 여기에 흰밥과 된장국, 채소 절임이 함께 딸려 나옵니다. 옛날 방식 그대로이지요. 새우튀김, 닭튀김, 돼지고기 커틀릿, 감자샐러드 등 다양하게 토핑을 올릴 수 있는 것도 재미있습니다. 나는 이번에 처음으로 게살 크림 크로켓을 곁들였어요. 함께 간 남편은 오므라이스에 함박스테이크를 추가로 주문했고요. 이것도 분명 맛있는 조합입니다.

1966년에 문을 연 키친 펀치는 1대 사장님의 대를 이어 지금은 아들이 2대째 운영하고 있습니다. 내가 이곳에 드나들기 시작했을 무렵에는 아들이 주방을 맡고 1대 사장님인 할아버지가 카운터 안 의자에 앉아 계셨어요. 계산할 때 손님 한 사람 한 사람에게 "감사합니다!" 하고 큰 목소리로 시원시원하게 인사를 하시고는 했지요. 그 모습을 떠올리기만 해도 목소리가 들려올 듯합니다. 그런데 우리가 간 이날엔 할아버지가 안 계셨어요. 혹시나 하는 생각에 기분이 쓸쓸했습니다. 대신 이번에는 주방에 있던 2대 사장님과 여주인분이 "감사합니다!" 하고 부드럽게 인사를 건네주었습니다. 그 인사에 보답하고 싶어 저야말로 정말 신세를 많이 지고 있습니다, 감사드려요, 하는 마음을 담아 "맛있었어요. 잘 먹었습니다." 하고 인사를 남긴 뒤 가게를 나왔습니다.

언니는 도쿄에서 만날 때마다 함박스테이크를 먹으러 가고 싶다고 말하잖아요. 그래서인지 평소에도 함박스테이크를 먹을 때면 언니가 떠오릅니다. 다음번엔 도쿄의 함박스테이크 투어를 해 볼까요? 그때는 꼭 키친 펀치에서부터 시작해요.

2021년 6월

추신:

한국에서만 먹을 수 있는 진짜 한국 음식이 그리워요. 도쿄에서도 찾아보면 맛있는 한국요릿집이 있지만 현지에서 먹는 것과는 역시 다릅니다. 지금 생각나는 것은 동대문에서 먹었던 닭한마리와 홍대에서 언니와 먹었던 중독적인 매운 맛의 찜닭. 한국은 닭 요리가 전반적으로 다 맛있어요. 최근 도쿄에 양념치킨 가게가 조금씩 생기고 있습니다. 얼마 전 배달로 주문해서 먹어 봤는데 무척 적은 양에 5,000엔이나 해서 깜짝 놀랐어요. 한국에서는 훨씬 저렴한 가격에 푸짐하게 나오는데 말이에요.
닭 요리 말고도 삼삼하고 부드러운 한국 죽이나 설렁탕도 맛있고, 낙원동의 갈매기살 고깃집에도 다시 가고 싶습니다. 홍대 포장마차 트럭에서 파는 토스트나 시장의 길거리 음식, 종로의 재개발 지역에 있던 가게의 냉면과 수육도 맛있었는데. 지금은 그런 가게들이 다 없어진 건 아닐까 걱정스럽기도 합니다.
달짝지근한 음식으로는 삼청동에서 먹었던 팥죽과 길에서 산 떡이 생각나요. 이것저것 먹고 싶은 것이 정말 많지만 역시 그중에서도 가장 그리운 음식은 들깨칼국수입니다. 영양이 가득하고 부드러우면서 깊은 그 맛은 일본에서는 찾아볼 수 없어요. 내가 함박스테이크를 먹으러 간 것처럼 언니도 나 대신 들깨칼국수를 먹으러 가 주지 않을래요?

通学路

パンチ

だい
大

어디서 어떻게 먹고살 것인가의 문제

하나

키친 펀치! 까맣게 잊고 있다가 편지를 읽고 기억이 났어요. 언젠가 도쿄 여행에서 마키와 마키 남편과 함께 갔던 곳. 잊고 있던 풍경과 도쿄의 식당, 맛있어 보이는 함박스테이크. 다시 자유롭게 바다를 건널 수 있게 되면 우리 꼭 함께 가요.

오늘은 아침에 산책을 다녀왔어요. 집 근처에는 작은 하천 두 개가 맞물려 흐르고 그 하천을 따라 산책로가 길게 조성되어 있습니다. 그 길을 매일 한 시간에서 한 시간 반 정도 산책합니다. 집에서 일하다 보면 계속 컴퓨터 앞에 앉아 있게 되는데 이 산책로 덕분에 물소리를 듣고 걸을 수 있어요. 오늘은 산책로로 나무 그림자가 진하게 드리워 있었습니다. 그림자의 명암만으로 계절의 변화를 알 수 있다니 신기하죠. 여름은 별로 좋아하지 않지만 여름으로 향할 무렵의 색깔과 모양은 좋아합니다. 파릇파릇한 연두색 잎이 점점 진한 초록색으로 바뀌며 무성해지는 나무들. 수풀 사이를 졸졸 흐르는 하천의 상쾌한 물소리. 파란 하늘에 둥실 떠 있는 솜사탕 같은 구름들. 거의 매일 산책을 하다 보면 계절의 변화에 민감해지는데 그걸 포착하는 게 또 하나의 재미입니다. 그런데 최근에 새로운 즐거움이 하나 추가되었어요. 하천에 살고 있는 청둥오리 가족을 만나는 일입니다. 언젠가부터 엄마 뒤를 졸졸 따라다니는 아기 청둥오리들이 보이기 시작했어요. 그 모습이 어찌나 귀여운지. 산책로를 걸으면서 오리들이 오늘은 어디에 있을까 궁금해 목을 길게 빼고 기웃기웃 살펴봅니다. 저 멀리 헤엄치는 모습을 발견하면 안심하며 한참을 바라보다가 내일도 무사히 만나자 인사하고 돌아옵니다. 요즘처럼 누군가의 안부를 묻는 일이 일상이었던 적이 있었던가.

봄부터 고민해 온 일이 있습니다. 어디에서 살 것인가의 문제. 지금 사는 곳의 계약 만기를 앞두고 연장과 이사, 또는 잠시 고향에서 지내는 것 사이에서 줄곧 고민했습니다. 그리고 고향에 잠시 내려가 지내기로 결정했습니다. 의외의 선택이지요? 코로나19 초반에는 서울의 확산세가 심해 어쩔 수 없이 서울에서만 머무르다가 상황이 조금 나아진 작년 하반기부터 어쩌다 보니 2주씩 고향과 서울을 왔다 갔다 하며 지내게 되었습니다. 그러다 보니 굳이 비싼 월세를 내면서 '지금' 서울에 있어야 하나 생각이 든 겁니다. 여기에는 사실 다른 이유도 몇 가지 있었어요. 첫 번째는 오직 서울의 전유물 같았던 것들을 이제는 지방에서도 접할 수 있다는 것. 서울은 처음 취직해 올라왔을 때부터 지금까지 쭉 살아온 곳입니다. 중간에 잠시 떠난 적도 있지만 거의 20년을 보내며 삶을 일구어 온 애증의 도시죠. 사람 많고 복잡해 넌더리가 날 때도 있지만, 언제든지 문화생활이 가능하고 새로운 것을 쉽게 배울 수 있다는 점이 좋았습니다. 그런데 작년부터 전시나 북토크, 강연 등을 비대면으로 진행하는 경우가 늘어나면서 지방에 사는 사람이 굳이 서울에 가지 않아도 똑같이 누릴 수 있게 된 거예요. 이런 식의 간극을 좁혀 가는 일은 결국 어디에서 살 것인가의 문제의 선택지를 넓히는 일이 될 겁니다.

두 번째는 내 일의 특성입니다. 번역과 편집 작업은 컴퓨터와 인터넷만 있으면 어디서든 할 수 있어요. 최고의 장점이자 최악의 단점, 동전의 양면과 같지요. 특히 번역은 완벽하게 혼자 하는 일입니다. 미팅도 거의 필요 없고 소통도 메일로 진행합니다. 그 때문인지 서울이 아닌 지역에 살면서 일을 하는 번역가 선생님이 많습니다. 반면에 편집은 미팅이나 마감을 대부분 오프라인으로 진행하지만, 이제 그조차 온라인으로 대신하는 추세입니다. 물론 직접 얼굴을 맞대 제목을 뽑고 책의 꼴을 결정하는 일의 장점을 결코 무시할 수 없습니다. 다만 과거에는 선택지가 오직 오프라인뿐이었다면 지금은 온라인과 오프라인 양쪽을 균형 있게 조합할 수 있게 된 것입니다.

세 번째는 퇴사 전부터 세워 온 계획입니다. 사실 이게 가장 큰 영향을 미쳤다고 할 수 있어요. 퇴사하던 해에 도쿄에서 3개월 정도 지내거나 혹은 영어권 나라에서 영어를 배우며 지내다 와야겠다고 생각했습니다. 코로나19 확산으로 생각을 접어야 했지만 백신 소식을 듣고는 조금 더 안정되면 다시 해외로 나갈 수 있지 않을까 싶었죠. 그런 생각이 드니 재계약을 앞둔 지금이 서울 집을 정리할 적절한 타이밍인 것 같았습니다. 도쿄(혹은 다른 나라)에 있는 동안 양쪽에 월세를 지불할 필요는 없으니까.

이런 생각들이 마치 하늘을 나는 열기구처럼 머릿속을 둥둥 떠다녔고, 마침내 하나의 착지점에 내려앉았습니다. 바로 두 거점에서 생활해 보자는 것이었어요. 일주일의 반은 익산에서, 나머지 반은 서울에서 지내자는 계획. 사실 본가로 내려가야겠다고 생각한 데는 그곳에 부쩍 동네 책방이나 카페를 여는 사람들이 늘기 시작하면서 좋아하는 장소가 생겼다는 점도 한몫했습니다. 나는 필사적으로 떠나오려 했던 곳에 사람들이 모이고 변화가 생기는 것을 보자 호기심과 함께 나도 지역에 무언가 도움이 될 수 있지 않을까 싶기도 했고요.

하지만 계약 연장 의사를 전달해야 할 때가 오자 망설여졌습니다. 잠시 떠나는 거라고 해도 생활을 일구어 온 도시에 미운 정 고운 정이 다 들었고, 역시 편리한 건 사실이니까요. 마침 동네에서 지내는 시간이 늘다 보니 이곳을 더 좋아하게 만드는 것들도 새롭게 생겨나 떠나기 아쉬운 마음이 커졌습니다. 이런 기분은 뭐랄까, 꼭 미용실에 가려고 하는 날 머리가 예뻐 보이는 것과 같은 이치일까요.

그런 마음이 무색하게 자의 반 타의 반으로 계약 연장은 이루어지지 않았습니다. 집주인이 갑자기 내가 사는 집에 들어와서 살겠다고 통보했거든요. 한국의 주거 계약 관련 사항이 바뀌면서 집주인이 자신이 들어와 살겠다고 하면 세입자는 어쩔 수 없이 이사해야 합니다. 한참 고민하던 문제가 한 방에 해결되었습니다. 가끔 그럴 때가 있죠. 혼자서 깊이 망설이고 있는데 주변 상황으로 깨끗이 정리될 때. 도쿄 혹은 다른 곳이 될 수도 있지만, 나가서 지낼 것을 생각하면 서울에서의 이사는 필요하지 않아 결국 지금 사는 집에서 8월 초까지 지낼 것 같습니다.

내 집을 갖고 있다면 이런 걱정은 하지 않아도 되죠. 지하철을 타고 한강 다리를 건널 때면 눈앞에 빽빽이 펼쳐지는 집들을 보면서 저 많은 집 가운데 내 집은 왜 없을까 생각합니다. 그리고 그 생각 뒤에는 왜 꼭 서울이어야 할까 하는 생각이 뒤따라옵니다(20대 초반에 하던 생각을 지금껏 하게 될 줄이야). 직업상 아무래도 일본 책을 접할 때가 많은데 유독 관심이 가는 책들이 있어요. 두 도시에 거점을 두고 생활하는 사람들의 이야기입니다. 〈산의 톰 씨(山のトムさん)〉라는 일본 영화가 있습니다. 작가인 주인공은 시골에 터를 잡고 살면서 일이 있을 때면 도쿄에 가서 지내는 생활을 합니다. 요즘 한국에도 그런 사람들이 조금씩 늘고 있어요. 평일에는 직장이 있는 서울에서 지내고 주말에는 자연과 가까운 곳에서 지내는 사람도 있습니다. 나에게는 아직 꿈같은 이야기라서 현실적으로는 가능성이 낮지만 동경하는 삶입니다.

팬데믹을 거치면서 어디에서 어떻게 먹고살아야 할지를 고민하는 사람이 많을 겁니다. 결국 어디서 살고 어떻게 생활하느냐의 문제는 평생의 고민이 되겠지만, 현생이 바쁘다는 핑계로 미루어 두었던 생각을 이제야 조금씩 해 봅니다.

2021년 7월

추신:

며칠 전 망원시장에 다녀왔어요. 지금 시장은 초여름의 색으로 넘쳐 납니다. 올해 처음 수확한 햇마늘이 시장 여기저기에 쌓여 있고 매실, 자두, 살구 등 색색의 여름 과일이 가득해 보기만 해도 기분이 좋아집니다. 신선한 매실로 매실주나 우메보시를 담가 보고 싶다는 생각도 들었어요. 시장 안으로 들어갈수록 깨를 볶는 고소한 냄새와 먹음직스러운 음식 냄새가 솔솔.
제철의 정서를 가장 빠르게, 가장 넉넉히 느낄 수 있는 곳이 시장인 것 같습니다. 전국 곳곳에서 모여든 농산물이 이제 여름이라고 말을 걸어오는 듯했어요. 제철 음식과 절기, 그때만의 무엇에 점점 더 관심을 갖게 되는 이유는 뭘까요? 단지 나이를 먹어서 그렇다고 단정하기에는 뭔가 부족해 보입니다.
나는 일본의 상점가도 좋아합니다. 대체로 활기가 넘치는 한국 시장과 달리 일본 상점가는 차분하고 어쩐지 아련한 특유의 분위기가 있거든요. 아사가야(阿佐ヶ谷)나 니시코야마(西小山)에 살던 시절에는 특별한 일이 없어도 상점가를 걷곤 했어요. 특히 아사가야는 도쿄에서 처음 생활했던 곳이라 때로는 여행자의 눈으로, 때로는 생활자의 시선으로 상점가를 드나들었죠. 마키도 자주 가는 상점가가 있나요?

망원시장에 간 김에 마키가 이야기했던 들깨칼국수를 먹었어요. 실은 마키와 함께 간 적이 있는 '홍대밀방'에 가려고 했는데 없어졌더군요. 팬데믹의 영향을 받은 것인지 아니면 다른 이유가 있는지는 알 수 없지만 무척 아쉬웠어요. 발길을 돌려 시장 안에 있는 '고향집'이라는 식당에 갔습니다. 저렴하고 맛있어서 동네 사람들이 많이 이용하는 곳입니다. 언제부터 있었던 가게인지는 모르겠지만 지인들과 몇 번 가서 칼국수나 비빔밥을 먹은 기억이 있어요.

고백하자면 나는 들깨를 별로 좋아하지 않습니다. 지금까지 들깨칼국수를 먹어 본 적도 없었고요. 들깻가루는 향이 너무 강한 데다 특유의 텁텁한 느낌이 싫었거든요. 그렇다 보니 이번이 인생 첫 들깨칼국수였습니다. 조금 망설이긴 했지만 먹지도 않고 싫어하기보다는 먹어 보고 싫어하자는 마음으로 용기를 냈어요. 그런데 이곳은 기본 칼국수에 적당한 양의 들깻가루를 얹어 내는 방식이어서 국물과 많이 섞이지 않아 맛있게 먹었습니다. 특히 무생채 맛이 깔끔해 젓가락을 멈추기 힘들었네요. 서울에 오면 같이 먹으러 가요.

20,000
12,000

가끔은 다른 길로 가 보더라도

마키

"우리 〈카모메 식당〉 보자!"

추적추적 장맛비가 내리는 주말을 아들과 둘이 보내게 되었어요. OTT 서비스로 뭘 볼까 열심히 고르는 아들을 바라보다가 리모컨을 슬쩍 뺏어 영화 〈카모메 식당〉을 틀었습니다. 활동명을 '갈매기 자매'로 지을 만큼 우리 둘 다 좋아하는 작품이지요. 화면에 갈매기가 등장하고 주인공의 독백이 시작되면 어느새 이곳은 핀란드. 창밖의 빗소리를 들으며 바라본 화면에는 식당을 운영하는 사치에와 그곳에 모인 조금 특이한 사람들의 일상이 느리고 담담하게 흘러갑니다. 그리고 마지막 장면에서 사치에가 "어서 오세요." 하고 말하면 눈물을 꾹 참습니다. 슬픈 영화가 아닌데도 매번 이 장면에서 눈물이 나요. 삶을 긍정해 주는 영화 같습니다. 아들에게 감상을 물으니 영화가 마음에 들었다면서 또 보고 싶다고 했어요. 그래서 둘이 다시 처음부터 영화를 보았답니다.

도쿄는 긴 장마가 끝났습니다. 습기 때문에 한 달 동안 어찌나 힘들었는지. 이제야 여름답게 무더운 날씨가 본격적으로 시작되었어요. 청둥오리 가족은 잘 있나요? 물가를 뒤뚱뒤뚱 걷는 청둥오리들을 상상만 해도 위안이 됩니다. 일본에 서식하는 오리는 대부분 바다를 건너는 철새인데 강에 사는 오리 중에는 텃새도 있다고 하더군요. 언니 집 근처에 있는 오리들은 어느 쪽일까요? 만약 철새라면 무럭무럭 자라서 언젠가 일본과 한국 사이를, 아니 더 멀리 시베리아까지도 씩씩하게 날아갈까요?

오리와 달리 인간은 살 곳을 고르는 일이 언제나 복잡하고 힘듭니다. 언니는 서울과 익산을 왕복하는 생활을 선택했군요. 팬데믹 상황에 놓인 사람들이 자신의 생활을 재검토하기 시작하면서 새삼 사는 곳의 문제도 불거진 듯합니다. 실제로 우리 집도 그런 이야기가 나오고 있어요. 도쿄에서 인생의 반 가까이 살아왔지만 더 나은 생활을 위해 이주를 고민 중입니다. 최근 도쿄에는 지방 이주를 결심하거나 두 곳을 거점으로 하는 생활은 물론 정액제를 활용해 여러 곳에 거점을 마련하거나 자동차 생활을 선택하는 사람들도 생겨나고 있습니다. 이미 이주한 친구도 많아서 만날 때마다 부러워하죠. 그런데도 나는 여전히 도쿄에 삽니다. 사는 곳을 정한다는 건 개인의 선택을 뛰어넘어 인연과 운명의 힘도 작용해야 하는 일 같습니다. 기회가 찾아오면 쉽게 움직일 수 있도록 일단은 최대한 가볍게 살아가려고 합니다.

한국의 베스트셀러로 일본에도 번역된 책 『나는 나대로 살기로 했다』를 얼마 전 읽었습니다. 책에는 한국에 '방황 청소년'이라는 말이 있는데 결코 긍정적인 의미가 아니라고 쓰여 있었어요. 방황은 인생을 망친다고 여겨 금기시한다고요. 그리고 대학 진학, 취직, 결혼, 출산, 내 집 마련 같은 삶의 미션을 적령기에 완수하지 못하면 부모에게 실망을 안기고 인생 실패라는 낙인이 찍혀 사회적으로 고립된다고도 했습니다. 나는 한국에서 살아 보지 않았으니 실제로 어느 정도인지는 알 수 없지요. 일본도 과거에는 그런 경향이 강했지만 지금은 금기시하는 정도는 아닌 듯합니다. 하지만 한국도 일본도 사회의 근본에 이런 사고가 깔려 있는 것은 분명해 보입니다.

나는 이 글을 읽고 우리의 모습을 떠올렸어요. 관점을 바꾸어 방황을 '다른 길로 가 보는 일'이라고 해석하면 인생에 긍정적인 영향을 끼치는 것이기도 하잖아요. 다른 길로 가 보는 건 지금까지 걸어온 길에서 벗어날 뿐 틀린 길을 간다는 뜻은 아닙니다. 이건 매우 주체적인 일이에요. 누군가 시켜서 하는 일이 아니므로 자유 의지이고, 책임도 오로지 자신이 져야 합니다. 그만큼 용기가 필요하죠. 그 길이 생각지도 못한 미래로 우리를 데려다주기도 할 테고요.

언니가 20대 후반에 일본행을 선택한 것도 일종의 '다른 길로 가 보기'였을 겁니다. 나도 10년 전 한국어를 배우기 시작했을 때 "왜 한국어를 공부하는 거야?" "어디에 도움이 되는데?" 하는 질문을 많이 들었습니다. 그런데 결과적으로 이 방황들 덕분에 언니와 내가 만나 인연을 맺고 이렇게 편지를 나누고 있네요.

누구나 인생에서 중심이 되는 길, 본도(本道)를 발견하고 싶을 거예요. 길을 잃는다는 건 두려운 일이니까. 나도 처음 사회인이 되었을 때 가장 먼저 느낀 감정이 공포였습니다. 길이 보이지 않는다는 공포. 그러나 결국 누구든 스스로 더듬거리며 앞으로 나아갈 수밖에 없다는 걸 깨닫게 되죠. 지금은 사람마다 각자의 길이 있다고 느낍니다. 일찍이 자신의 본도를 알아차려 한길로 가는 사람도 있고, 여러 길을 돌고 돌아 다양한 경험을 쌓아 가는 사람도 있고, 잠시 다른 길로 갔다가 금세 돌아오는 사람도 있으며, 언제나 길을 잃는 사람도 있습니다. 그건 그 사람의 길이고 내가 어쩔 수 없는 일입니다. 거기에는 실패나 성공, 실격과 탈락 대신 각자의 고유한 경험이 있을 뿐입니다. 내가 〈카모메 식당〉을 좋아하는 이유도 등장인물이 모두 방황하며 다른 길로 가다가 서로를 만나 기쁨을 나누며 살아가는 이야기이기 때문인 것 같습니다.

나는 지금도 요리조리 다른 길로 가 보곤 합니다. 작년부터는 본업인 영상 작업을 일부러 조금씩 줄이고 있어요. 수입도 그만큼 줄었지만 아이가 어릴 때 함께할 시간을 조금이라도 더 확보하고 싶은 마음이고, 영상 일은 내 길이 아닌 것 같다는 생각이 들었습니다. 물론 지금 하는 일이 잘 맞긴 하지만 이것 말고도 할 수 있는 일이 있을 것 같아요. 그래서 한동안은 나 자신을 바꾸는 준비 기간으로 삼고자 합니다. 그렇게 확보한 시간에는 작가 친구의 사진과 영상을 찍고 있습니다. 평소에는 감독과 편집을 담당하는데, 최근에 사진을 찍는 일도 재미있어서 종종 해 보았더니 사진 촬영 의뢰가 들어오더군요. 사진가인 남편 때문에 솔직히 망설였지만 이번에 의뢰받은 일은 남편이 영상을, 내가 사진을 맡아 모두 즐겁게 작업했습니다.

나에게 사진 촬영을 의뢰한 분은 강아지 조각 작업을 하는 사노 미사토(佐野美里) 작가입니다. 사노 씨는 언제나 작품이나 굿즈를 깜짝 선물로 보내 주는 고마운 친구예요. 웃는 얼굴이 예쁘고 사랑이 넘치는 사람이죠. 돈이나 이익보다는 좋은 사람들과 맺는 수평적인 관계를 소중히 하고 싶다고 자주 생각하는 요즘입니다.

지금껏 해 온 일과 전혀 다른 일로는 풍수와 손금 공부를 시작했습니다. 나의 세계가 새롭게 확장되는 기분이라 재미있어요. 갈매기 자매도 그런 활동 가운데 하나죠. 차곡차곡 축적해 온 힘을 다른 방향으로도 이리저리 사용해 보고 싶습니다. 힘들어도 열심히 해 볼 계획이에요. 이렇게 다른 길을 모색하고 누리는 것도 어쩌면 어른의 특권일지 모릅니다. 언니는 어떤 다른 길을 가고 있나요?

2021년 7월

추신:

망원시장에서 출발한 언니의 선물이 도착했습니다. 어찌나 기쁘던지. 정말 고마워요. 참기름병에 써 있는 '기름병'이라는 글자가 특히 귀여웠습니다. 일본에서도 한국 식재료를 살 수는 있지만 현지에서 바로 짠 기름은 무척 특별하지요. 이것만으로도 한국에 갈 가치가 있다고 생각합니다. 함께 시장 구경을 하는 날이 빨리 왔으면 좋겠네요.

내가 자주 다니는 상점가는 나카메구로역 근처의 메구로 긴자 상점가(目黒銀座商店街)입니다. 지금 사는 곳으로 이사하기 전 그 상점가에 있는 맨션에서 오랫동안 살아서 나에게 상점가는 일부러 찾는 곳이라기보다 일상적 장소에 가깝습니다. 이곳은 언제나 활기가 넘치지만 들고 나는 게 빠른 곳이기도 합니다. 그 동네에 살기 시작한 초반에는 할아버지 할머니가 운영하는 채소 가게나 꽃집, 서점 같은 오래된 상점이 많았고 나도 자주 다녔습니다. 그런데 점점 세련된 음식점과 가게가 들어오면서 거리의 분위기가 바뀌었죠. 나쁜 일은 아니지만 어딘지 허전하고 슬펐습니다. 결국 그 동네를 떠나게 된 이유가 되기도 했고요. 하지만 여전히 그 상점가에 가면 기분이 좋습니다.

그건 그렇고, 지난 편지에서 언니에게 들깨칼국수를 권해서 미안해요. 싫어하는 줄 전혀 몰랐습니다. 그나마 망원시장의 들깨칼국수가 맛있었다니 다행입니다. 그나저나 홍대에 있던 가게가 없어졌다는 소식은 참 속상하네요. 다음에 한국에 가면 꼭 찾아가려고 했는데.

언니, 조금 뜬금없지만, 내가 정말 좋아하는 아이돌이자 배우인 엑소 도경수 씨의 솔로 앨범이 7월 말에 나옵니다. 만약 거리에서 도경수 씨가 나오는 광고나 영상을 발견하면 꼭 사진 찍어 주세요. 괜찮다면 앨범도 들어 볼래요? 잘 부탁합니다.

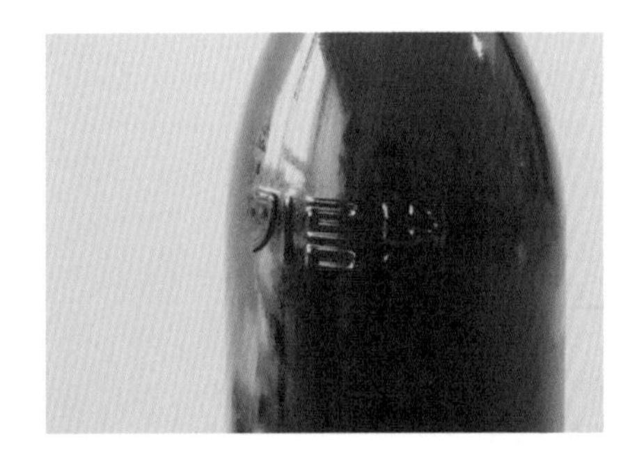

메구로 긴자 상점가

불안은 언제나 함께

하나

도쿄올림픽이 시작되었습니다. 팬데믹 속에서 해야 한다, 안 된다, 말이 많았는데 우여곡절 끝에 결국 1년 늦추어 열렸네요. 도쿄에서 개최하는 올림픽은 1964년 이후 두 번째입니다. 개회식 퍼포먼스에 등장한 목제 올림픽 마크가 1964년 도쿄올림픽 때 각국의 선수들이 가져온 씨앗에서 자란 나무로 만든 것이라고 하더군요. 운동 경기에 시큰둥한 편이라 부러 챙겨 볼 것 같지는 않지만, 어렵게 열린 만큼 긴 시간 준비한 선수들이 좋은 성과를 올리고 즐겁게 무사히 끝났으면 좋겠습니다.

본격적으로 여름에 접어들면서 매일 푹푹 찌는 데다가 코로나 상황도 심각해 요즘은 정말 집에만 있습니다. 날씨가 따뜻해지면 코로나도 수그러들 줄 알았는데 오히려 거리두기 단계가 4단계로 올라갔어요. 조금 나아지나 싶다가도 다시 엄격한 제약 속에서 지내야 하는 상황이 반복되다 보니 기운이 빠지는 것도 사실입니다. 다들 조심하며 지내는데 왜 이렇게 좋아지지 않는지. 어쩔 수 없이 집 주변만 배회하는 요즘입니다.

얼마 전 산책길에 '카페 고잉홈'이라는 자그마한 카페를 발견해 가끔 그곳에서 시간을 보내고 있습니다. 주로 사람이 없는 오픈 시간에 맞추어 가서 고작 두 시간 정도 있다 오는 게 전부지만, 그렇게라도 바깥 공기를 쐬며 기분 전환을 합니다. 카페가 생긴 자리는 본래 이십여 년 동안 세탁소였어요. 그런데 참 신기하게도 이 카페는 오래전부터 그곳에 있었던 것처럼 동네에 자연스럽게 스며든 모습입니다. 빨간 벽돌의 아치에 꼭 맞게 들어간 노란색 카페. 창가에 앉아 거리를 내다보고 있으면 마음이 차분해집니다.

나도 언젠가 작은 카페를 열고 싶다고 꿈꾼 적이 있어요. 그래서 도쿄 생활 초기에 카페 아르바이트에 도전해 보았습니다. 생각보다 훨씬 힘들었어요. 신주쿠 한복판에 있는 매장이라 손님이 많기도 했고, 온통 일본어라(당연하지만) 메뉴 이름과 음료 만드는 법도 잘 외우지 못했죠. 주문을 받는 일조차 버거웠습니다. 하루에 몇 시간 일하지 않는데도 아르바이트 날에는 녹초가 되어 자괴감마저 들었어요. 그러면서 깨달았습니다. 카페라는 공간에 대한 동경과 스스로 만들어 낸 이미지에 혹한 나머지 그 안에서 벌어지는 치열한 삶의 현장을 들여다보지 못했구나. 카페에 대한 환상을 가지고 있었던 셈이죠. 결국 두 달 만에 그만두었습니다. 나는 그저 카페에서 멍하니 앉아 있는 걸 좋아하는 사람이더라고요. 가끔씩 고잉홈처럼 아담하면서 편안한 가게를 만나면 다시 나만의 카페를 꿈꿔 보기도 하지만 금세 현실로 돌아옵니다. 나는 감히 할 수 없는 일이라는 걸 이제는 잘 아니까요. 어찌 보면 이것도 '다른 길로 가 보기'를 통해 깨달았다고 할 수 있겠습니다.

마키의 이야기에 공감했던 건 과거에도 지금도 내가 꾸준히 다른 길로 가 보고 있기 때문인 것 같아요. 처음 다른 길을 선택했던 순간이 떠오릅니다. 인테리어 분야에 오랫동안 몸담고 있다가 건강상의 이유로 잠시 쉬던 때 문득 이런 생각이 들었습니다. 인생은 한 치 앞도 모르는데 이렇게 사는 게 맞을까? 지금 내가 가장 하고 싶은 일은 무엇일까? 그러면서 몇 가지 리스트를 적었는데 확실히 기억나는 건 '다른 나라에서 살아 보기'가 1번이었다는 것. 그리고 1년 후 도쿄 생활을 시작했습니다.

살다 보면 참 많은 다른 길을 경험합니다. 큰 결심이 필요한 길도 있지만 대부분은 지금 가는 길에서 조금씩 벗어나 시도해 보는 길이죠. 어떻게 보면 나무 같습니다. 굵은 가지와 잔가지들이 크고 작은 다른 길이 되어 나라는 나무를 이룬다는 생각이 듭니다. 뻗어 나가며 이파리가 돋아나고 어떤 가지는 열매를 맺기도 하지만 그렇지 않은 경우도 있기 마련이죠.

도쿄 생활은 사실 얇디얇은 잔가지로 시작한 거였어요. 그전까지 나는 일본어와는 전혀 무관한 사람이었고 심지어 고등학교 때 제2외국어였던 일본어를 무척이나 싫어했으니까. 길어야 1년이라고 생각했던 가지가 이제는 굵직해져서, 거기서 다른 잔가지들이 또 뻗어 나가는 형세입니다. 그것들이 앞으로 어떻게 될지는 알 수 없지만 다양한 모양의 가지들을 통해 보는 또 다른 세상이 있겠지요.

마키는 꾸준히 새로운 경험을 하는 내가 씩씩해서 좋다고 했었지요. 나는 씩씩하게 보이기보단 의연하게 사는 듯이 보이고 싶었는데 실패했네요. 끊임없이 무언가를 배우고 듣고 경험하는 일은 내 안에 뭉게뭉게 피어오르는 불안을 잠재우기 위한 방법입니다. 적어도 그때만큼은 노력하고 있다는 안심과 성취감이 있으니까요.

서울을 잠시 떠나자고 선택한 뒤로 유유자적 지내고 있지만 역시 마음은 불안합니다. 대부분 지금 당장 어떻게 할 수 없는 일이고, 막상 겪어 보면 어떻게든 된다는 걸 머리로는 잘 알지만 사람 마음이 어디 그런가요. 하루는 괜찮다가도 또 하루는 우울을 견디며 완급 조절을 해야 하죠. 요즘은 아침의 루틴을 바꾸면서 불안한 마음을 덜어 내고 있습니다.

몇 달 전부터 책 읽기로 하루를 시작합니다. 아침에 눈뜨자마자 휴대전화부터 보는 내 모습이 싫어서 그 습관을 고치기로 마음먹었거든요. 그러던 차에 100일 동안 아침 독서를 인증하는 프로그램을 발견했습니다. 일종의 루틴, 리추얼 만들기지요. 3월부터 100일 동안 매일 아침 꾸준히 책을 읽었습니다. 그렇게 아침 책 시간을 가지게 된 뒤로 크고 작은 불안들이 조금씩 누그러졌어요. 소소한 일이지만 일정한 시간에 규칙적으로 수행한다는 것만으로 하루를 충실하게 살아 냈다는 생각이 듭니다. 매일 같은 시간에 하는 작은 일들이 결국 불안 속에서도 나에게 집중하고 앞으로 나아가게 하는 힘이 되더군요.

이십 대에는 손에 잡히는 대로 마구잡이로 남독을 했고, 일본어를 공부하고 일하면서는 일서만 고집했어요. 그런데 이번에는 메리 올리버와 크리스티앙 보뱅, 아니 에르노 등의 문학가와 배우 키키 키린이 쓴 책, 그동안 읽은 책과는 국적도 분야도 다른 책들을 읽었습니다. 시집이나 프랑스 에세이는 정말 오랜만인데 글에서 느껴지는 몽롱함이 좋았습니다. 이것 역시 다른 길로 가서 보게 된 새로운 세상일까요. 어쩌면 선택하는 일 자체가 다른 길로 가 보는 것인지도 모르겠습니다.

무슨 일을 하든 불안이 뒤따르는 것이라면 밀어내려고 애쓰기보다 차라리 팔짱을 끼고 사이좋게 걸어가는 방법을 찾는 게 나은 듯합니다. 물론 어떤 방법을 써도 마음이 어두운 곳으로 파고들 때가 있습니다. 그럴 때 나는 스스로에게 이 말을 반복해서 들려줍니다. "괜찮아. 흘러가는 대로 되게 되어 있어(大丈夫。なるようになる)." 마치 주문처럼 말이지요. 가끔은 무책임하게 시간과 상황의 흐름에 맡겨 보는 자세도 필요할 겁니다. 우리는 정말 열심히 살아가고 있고, 남에게 관대한 만큼 자신에게도 관대해도 괜찮으니까. 불안을 잠재우는 마키만의 방법이 있나요? 어느 때보다 더 힘든 여름이지만 더위에 지치지 않고 재미있게 지내요.

2021년 8월

추신:

도경수 씨 사진은 찍지 못했습니다. 미션 실패. 알아보니 홍대입구역과 삼성역에서 광고가 나온다고 해서 홍대입구역 근처로 가 보았는데 아무리 기다려도 광고가 나오지 않더라고요. 삼성역까지는 갈 짬을 내지 못했습니다. 미안해요.

이건 다른 이야기지만, 마키 집에서 도쿄타워가 작게 보였던 것 같은데 맞나요? 도쿄타워에는 추억이 참 많지만 가장 기억에 남는 건 한겨울에 롯본기에서 도쿄타워까지 걸어갔던 일입니다. 도쿄에서 일본어 학교를 다닐 때의 일이니 아주 오래전이네요. 친구와 롯폰기에 있는데(스맙(SMAP) 카토리 싱고(香取慎吾)의 생방송이 있는 날이었던 듯합니다), 그날따라 유독 도쿄타워가 가까이 보이는 거예요. 왠지 걸어갈 수 있을 듯이. 그래서 친구와 도쿄타워를 향해 걷기 시작했는데 아무리 걸어도 나오지 않는 겁니다. 지금처럼 스마트폰으로 지도를 볼 수 있는 시절이 아니었던 터라 표지판만 보고 2시간 넘게 걸어서 겨우 도착했습니다. 전망대에 올라 도쿄 시내를 내려다보았겠지만 그 기억은 남아 있지 않아요. 오직 추운 날 열심히 걸었던 기억밖에. 좋은 추억이지만 그때는 너무 힘들었습니다.

도쿄타워는 여행할 때 꼭 들르는 곳입니다. 사진은 2년 전에 찍은 도쿄타워 모습이에요. 도쿄타워에 가기 수월한 곳에 숙소를 잡아서 짧은 여행 기간 동안 두 번이나 갔었죠.

밤의 도쿄타워 사진은 사쿠라다도리(桜田通り)에서 찍었는데 바로 앞에 있는 주유소와 주변 건물에 비해 너무 커서 마치 미래 세계에 있는 듯했어요. 낮의 도쿄타워는 호텔 체크아웃하기 전 잠시 시바 공원에 들러서 찍은 사진. 밤에 볼 때와는 다르게 소박하고 친근한 느낌입니다. 도쿄타워의 밤과 낮 모두 좋아해요. 아, 나는 '도쿄타워에서 본 도쿄타워'의 모습도 좋아합니다.
요즘 도쿄타워는 어떤가요? 변함없이 주황색으로 빛나고 있겠지요?

밤에 도쿄타워에 올라 야경을 내려다보면 가로등과 자동차의 불빛으로 도로가 필기체 소문자 t자처럼 보인다. 그 모습이 도쿄타워의 형상과 닮아서 '도쿄타워에서 본 도쿄타워'라고 부르기도 한다.

몸과 마음의 하모니

마키

매미 소리가 어느새 풀벌레 소리로 바뀌었습니다. 내가 사는 맨션 옆에는 넓은 공터가 있는데 그곳엔 다양한 생물이 살아요. 가을밤에는 언제나 풀벌레들이 합창을 하죠. 조용한 밤, 멀리서 들려오는 찌르르찌르르 소리를 들으며 언니에게 편지를 씁니다.

아이의 여름방학 때는 집에서 다이후쿠(팥소를 떡으로 감싼 일본의 전통 과자로, 팥소 안에 과일을 넣어 만들기도 한다) 만들기에 도전했습니다. 다이후쿠는 말랑말랑 쫀득쫀득 매끈매끈 삼박자가 어우러진 디저트입니다. 만약 내가 가게를 연다면 그건 다이후쿠 가게일 것이다, 하고 몰래 꿈꾸곤 했었어요(참고로 나는 한국의 떡도 좋아합니다). 하지만 만들기가 꽤 까다로운 듯해 주저하고 있었죠. 그러다 좋아하는 유튜버가 다이후쿠 레시피 영상을 올렸기에 그걸 참고해서 딸기 다이후쿠에 도전해 보기로 한 겁니다.

팥소는 물론 떡도 직접 만들어야 해서 먼저 재료를 사러 슈퍼에 갔습니다. 그런데 바구니에 팥과 찹쌀가루를 넣다가 깨달았습니다. 주연인 딸기를 구할 수 없다는 사실을요. 여름은 딸기 철이 아닌 것이죠. 어쩔 수 없이 딸기를 포기하고 다른 과일로 대체하기로 했습니다. 집에 있는 샤인머스캣도 활용해 보기로 하고 무화과와 귤, 바나나를 바구니에 담았습니다. 목표는 색색의 과일 다이후쿠.

집에 돌아와 팥소부터 만들기 시작했습니다. 물을 가득 담은 통에 팥을 넣어 가볍게 삶은 다음 한 번 더 푹 삶아요. 그러곤 믹서에 간 뒤 설탕을 넣고 다시 끓여서 수분이 어느 정도 날아가면 불을 끄고 냉장고에 넣어 하룻밤 놓아둡니다. 여기까지는 순조로웠어요. 다음 날 온 가족이 다이후쿠 생산에 돌입했습니다. 먼저 떡 만들기. 프라이팬에 찹쌀가루와 설탕을 넣고 섞으며 익히면 신기하게도 쫀득쫀득한 떡이 됩니다. 녹말가루를 뿌리며 폭신폭신하고 따뜻한 떡을 손으로 쭈욱 늘리면 기분이 좋아집니다. 아들도 신나했습니다. 이제 남은 것은 과일을 떡과 팥소로 감싸는 일. 먼저 팥소로 과일을 감싼 뒤 그걸 다시 떡으로 감싸면 완성입니다.

그런데 이상한 일이 발생했습니다. 떡이 약간 딱딱해진 데다가 모자라기까지 해서 다이후쿠에 구멍이 송송 난 것이죠. 도저히 다이후쿠라고 할 수 없는 모습이었습니다. 예상치 못한 사태에 경악하면서 반으로 잘라 보았는데 단면도 엉망진창. 보기에는 허술해도 맛있으면 괜찮다고 생각하며 다 함께 조심조심 먹어 보았더니, 뭐랄까, 묘하게 맛이 없었습니다. 못 먹을 정도는 아니지만 씹을수록 맛이 없어졌어요. 과일, 팥소, 떡이 다 따로 노는 처참한 맛. 가족 모두 갑자기 기운이 빠졌습니다. 과일 다이후쿠로 보이는 대량의 잔해들이 눈앞에 있었죠. 그때 아들이 정적을 깨고 이렇게 말했습니다. "아빠, 혹시 '설마 이거 다 먹어야 하는 거 아니겠지?' 생각하고 있어?" 그 말에 다 같이 배꼽을 잡고 웃었어요. 역시 그 상태로는 다 먹지 못하고 마지막에는 떡과 팥소만 프라이팬에 구워서 간장을 찍어 먹었습니다. 어이없게도 그게 정말 맛있었어요.

언니가 카페 일을 체험해 보고 깨달았듯이 나와 다이후쿠 가게는 전혀 맞지 않는다는 걸 인정할 수밖에 없었습니다. 하지만 포기하지 않으려고요. 평범한 다이후쿠 만들기로 다시 도전해 볼 겁니다. 어쨌거나 이것만은 말할 수 있어요. 샤인머스캣은 그대로 먹는 편이 훨씬 맛있다.

언니의 '아침 책 루틴', 정말 좋은데요? 나도 알람을 끄고도 그대로 누운 채로 스마트폰을 보면서 빈둥거릴 때가 많거든요. 불안을 다룰 자기만의 방법을 찾는 일은 중요한 것 같습니다. 조만간 나도 아침 독서를 해 봐야겠어요.

지금 나의 주된 불안은 역시 아이입니다. 부모라면 누구나 공감할 거예요. 아이에게 안 좋은 일이 일어나면 어쩌지. 나는 좋은 부모가 될 수 있을까. 이런 불안이 점점 커지기만 합니다. 그런데 이보다 무서운 건 지나친 걱정이 과도한 간섭과 과잉보호, 지배와 억압으로 발전하는 것일 테지요. 매일 나를 돌아보고 반성하면서 아이와 마주하고 있습니다. 아이가 자기 자신으로 성장할 수 있도록 대범하고 느긋하게 사랑하는 게 중요하다고 되새기면서. 하지만 역시 어렵죠. 그저 몸으로 부딪히며 배우고 있습니다.

불안이 긍정적인 경고 역할도 한다고 생각합니다. 불안한 감정 덕분에 미리 대책을 세우고 사고를 피할 수도 있으니까요. 다만 불안의 정체를 이해하지 못한 채 걱정과 공포, 두려움으로 마음이 가득 차면 문제가 발생합니다.

그런 날들이 이어지면 무기력해지고 갑자기 울음을 터트리거나 모든 일에 짜증을 부리는 식으로 감정을 조절하지 못하게 되는데, 이건 위험 신호예요. 아이를 낳고 얼마 되지 않았을 때 이 신호를 무시하고 필사적으로 일하다가 몸이 아팠던 적이 있습니다. 몸도 마음도 한쪽으로 치우쳐 원래의 상태로 돌아오는 데 몇 년이 걸렸어요. 그런 경험을 했기 때문에 몸과 마음의 균형을 찾는 일이 우리 삶에 얼마나 중요한지 잘 압니다.

몸과 마음의 균형을 꾀하며 요가를 시작한 지 5년 정도 되었습니다. 생각이 많은 타입인 나에게 친구가 쿤달리니 요가를 추천해 주었거든요. 첫 시간에는 팔을 옆으로 벌린 채 계속해서 돌리는 동작을 했는데 무척 힘들었습니다. 이건 못하겠다 싶었지만 익숙해지니 의외로 나에게 잘 맞더라고요. 일주일에 한 번이지만 호흡과 리듬을 느끼면서 무의식적으로 몸을 움직이면 나 자신이 정돈되는 기분입니다. 몸 상태가 축 가라앉지 않게 된다고 할까요. 바빠서 얼마간 요가를 못하면 심신이 탁해진다는 느낌이 듭니다. 선생님 말로는 요가는 마음의 응어리를 풀어서 순수하고 자연스러워지는 것을 목표로 삼는다고 합니다. 자기 자신이 된다는 것이지요. 깊은 세계입니다. 선생님은 언제나 몸 안에 하모니를 만들라고 말하지만, 이른 아침부터 밤까지 몇십 년간 요가를 한 전문가처럼 되기는 힘들지요. 그저 찬찬히 습관을 들이는 것만으로도 전혀 달라지는 체험을 하고 있습니다.

몸이 기울면 마음도 기울고, 마음이 기울면 몸도 기울죠. 누군가의 힘을 빌리는 일도 가끔은 필요하지만 결국에는 자신과 마주하고 스스로 조절하는 것이 중요합니다.

불안과 함께 걸어가는 법이라고 하면 역시 평범한 것들을 소중히 여기는 태도를 빼놓을 수 없을 거예요. 집을 자주 청소하고, 몸에 좋은 음식을 많이 먹고, 가볍게 운동하면서 잘 잡니다. 어떤 날에는 아무것도 하지 않고 마음껏 뒹굴기도 하고요. SNS를 멀리하고, 다른 사람과 나를 비교하지 않고, 부정적인 사람 곁에는 가지 않습니다. 그리고 마음이 맞는 친구를 만나 실컷 수다를 떨지요. 산과 숲을 산책하면서 지구의 아름다움을 느끼는 시간도 보내야 합니다. 명상도 하고요. 그렇게 한동안 지내다 보면 불안정했던 마음이 구름 걷힌 듯 가시고 다시 균형을 잡고 앞으로 나아갈 용기가 생깁니다. 평범한 미션들 같지만 사실 가장 어려운 일들이죠.

가능한 한 매일 마음 편히 지내며 맛있는 것을 먹고 작은 일에 연연하지 않으면서 느긋한 마음으로 살아가려고 합니다. 그래야 나와 주변 사람 모두 행복할 테니까요.

2021년 9월

도경수 씨의 사진을 찍어 달라는 부탁에 응해 주어서 고마워요. 그것만으로 충분합니다. 요즘 도쿄타워는 평상시의 주황빛 대신 올림픽의 색으로 빛나고 있습니다. 흔하지 않은 풍경을 볼 기회이지만 나는 원래의 주황빛이 더 편안하고 예쁜 것 같아요.
도쿄올림픽, 패럴림픽이 조용하게 시작되었다가 조용하게 끝났습니다. 개최 직전까지 국민 다수가 반대했는데 결국 무관객으로 개최를 강행했네요. 다른 때라면 도시 전체가 들썩였을 텐데 이번에는 상황이 상황인지라 분명 올림픽이 열리고 있는데도 마치 다른 나라에서 일어나는 일인 것처럼 조용해서 이상했습니다. 올해는 2021년인데 거리 곳곳에 'TOKYO 2020'이라는 깃발이 걸려 있어 더 이상한 느낌입니다. 마침 그 기간에 친구가 디자인한 백화점 쇼윈도 디스플레이를 보러 갔는데 거기에는 제품이 아니라 수많은 문장이 걸려 있었어요. 'FOR WHO?' 'FOR WHAT?' 'FRIENDSHIP' 'RESPECT' 'WORLD PEACE' 등등. 하나하나 깊은 여운을 남기는 문구였습니다. 이번 올림픽은 많은 생각을 하게 한 것 같습니다.
서울타워도 그립네요. 언니와 함께 해방촌 신흥시장에서 바라본 서울타워가 기억에 남아 있습니다. 눈 오는 날 언덕을 오르다 시장 입구를 발견했을 때는 마치 탐험을 떠나는 기분이었습니다. 시장 안은 어둡고 한적했지만 분명 그곳에 주민들의 생활이 있었어요. 거기에 홀로 자리하고 있던 카페

'오랑오랑'에서 커피를 마신 일이 떠오릅니다. 카페 옥상에 올라 서울타워를 올려다봤을 땐 도시의 과거와 새롭게 바뀔 미래의 숨결이 동시에 느껴져 기분이 묘했습니다. 그때가 2017년이었으니 지금은 또 다른 모습으로 변해 있겠죠.

전부터 언니의 킨츠기 이야기가 듣고 싶었습니다. 그릇 모으는 게 취미이기도 해서 집에 다양한 그릇이 있는데, 자주 이가 나가고 깨지거든요. 그래서 실은 늘 배워 보고 싶지만 알레르기가 심해서 옻을 사용하는 킨츠기는 하기 어려울 것 같습니다. 언니의 킨츠기 이야기로 대리 만족을 해 볼 생각입니다.

FOR WHO
?
WORLD
PEACE

킨츠기의 나날들

하나

오겡끼데스까?

오늘은 왠지 정식으로 인사를 건네고 싶습니다. 한국의 추석이 지난 지 얼마 안 되어 문득 안부를 묻고 싶었는지도 모르겠어요.

오겡끼데스까, 하는 일본어를 들으면 한국 사람들은 이와이 슌지 감독의 영화 〈러브레터〉에서 눈밭에 선 주인공이 소리치는 장면을 떠올릴 겁니다. 홋카이도의 눈 내린 풍경이 정말 아름다운 영화죠. 영화 〈러브레터〉가 한국에서 개봉한 게 1999년. 당시 이와이 슌지 감독의 영화가 한국에서 인기가 많았습니다. 나도 〈피크닉(PiCNiC)〉을 시작으로 〈하나와 앨리스〉 〈4월 이야기〉 〈스왈로우테일 버터플라이〉 〈릴리 슈슈의 모든 것〉 등 참 많이 보았네요(사실 몇몇 영화는 이와이 슌지 감독 영화라는 걸 이제 알았어요). 이들 영화는 내용은 물론 음악도 좋았습니다. 특히 〈스왈로우테일 버터플라이〉를 본 뒤에는 OST였던 차라(chara)의 '스왈로우테일 버터플라이-사랑의 노래(Swallowtail Butterfly ～あいのうた)'를 반복해서 들었습니다. 이 편지를 쓰면서도 듣고 있습니다. 차라의 허스키한 목소리, 역시 좋네요. 그러고 보니 나는 이른바 '블랙 이와이'라 불리는 작품을 주로 본 듯합니다.

마키의 다이후쿠 만들기 모험, 정말 재미있었어요. 마키 가족의 표정과 웃음소리가 머릿속에 자동으로 재생되었습니다. 이번에는 실패했지만 계속 만들다 보면 언젠가 다이후쿠 가게를 여는 날이 올 수도 있겠지요. 마키의 다이후쿠 가게를 상상하다가 나이가 들어서 동네 자그마한 킷사텐의 마마로 살고 있는 내 모습도 떠올려 보았습니다. 아이 어른 할 것 없이 편하게 드나들면서 시시콜콜한 이야기를 나누고 혼자만의 시간도 보낼 수 있는 장소, 맛있는 커피와 나폴리탄을 내놓는 킷사텐. 지난 편지에서 카페는 못하겠다고 말해 놓고 킷사텐을 생각하는 내가 우습네요. 둘 다 할머니가 되어서 마키는 다이후쿠 가게를 열고 그 옆에서 내가 킷사텐을 하면 재미있을 것 같지 않나요? 우리의 다음 목표는 어쩌면 갈매기 자매 다이후쿠 킷사가 될 수도!

나는 8월에 익산으로 내려왔습니다. 몇 년에 한 번씩은 큰 짐을 쌌다 풀었다 하네요. 어디에도 정착 못하고(안 하고) 살면서 뭘 이렇게 많이 이고 지고 사는 걸까 하는 생각을 매번 어김없이 합니다. 하나 사면 하나 처분하기로 마음먹고 그때그때 덜어 내는데도 짐이 늘어납니다. 특히 책은 아무리 처분해도 곧 다시 사들이니 그대로입니다.

요즘은 일주일에 이삼일 정도 서울로 출퇴근하는 생활을 하고 있습니다. 그러다 보니 이전보다 자주 KTX를 타는데 의외로 지방에서 지방으로, 혹은 지방에서 서울로 출퇴근하는 사람들이 많더군요. 조금 놀랐습니다. 지금까지 나는 서울에 직장이 있으면 꼭 서울이나 경기도에서 살아야 한다고 생각했어요. 그런데 아니었습니다. 여러 선택지를 두고 자유롭게 고를 수 있는 거였어요. 살고 싶은 곳에 살면서 서울로 출퇴근하는 건 꿈같은 일이 아니라 오히려 현실적인 선택지였구나. 기차를 타고 다니는 게 아직은 여행하는 기분이 더 크지만, 내가 모르는 세상이 아직도 참 많다고 새삼 느낍니다.

킨츠기 이야기를 듣고 싶다고 했지요. 킨츠기는 배운 지 1년 반 정도 되었습니다. 몇 년 전 찬장에서 10년 넘게 사용해 온 커피잔과 소서를 꺼내다가 떨어뜨린 사건이 계기가 되었죠. 무슨 사건씩이나, 할 수도 있지만 당시에는 충격으로 몸이 얼어붙을 정도였습니다. 금이 가고 이도 나갔지만 함께한 세월만큼 추억이 많아서 차마 버릴 수가 없었습니다. 그래서 수납장 한쪽에 잘 싸서 넣어 두었어요. 그리고 작년에 우연히 킨츠기 수업이 있다는 걸 알게 되었습니다. 일본의 전통 공예 기법이니 도쿄에 있을 때 배웠으면 됐는데 서울에서 배우게 되다니. 그때가 아니라 지금인 데는 다 이유가 있는 거겠죠.

매주 토요일 어스름해지는 시간에 킨츠기 공방으로 향해 밤이 깊어질 무렵 집에 돌아가곤 했습니다. 몇몇 분과 수업을 같이 들었는데, 서로 이름도 나이도 하는 일도 묻지 않고 조곤조곤 이야기를 나누며 오직 그릇과 마주하는 시간이었습니다. 그런 분위기가 참 오랜만이어서 편안했어요. 그저 킨츠기를 배우고 그릇을 고치러 온 사람, 그거면 충분했습니다.

작업하다 보면 공방 안은 어느새 살짝살짝 그릇이 부딪치는 소리와 쓱싹쓱싹 사포질하는 소리로만 가득 찹니다. 깨진 그릇을 잇고 상처 난 곳을 메우고 갈아 내고 만지고 하는 일련의 과정이 마치 내 마음속 뻥 뚫린 구멍까지도 채워 주는 듯했습니다. 큰 걱정 없이 평범한 매일을 묵묵히 살다가도 이상하게 마음이 자주 흩어지고 어딘가 구멍이 뚫려 찬바람이 몰려올 때가 있는데, 킨츠기가 그렇게 흩어진 마음의 조각을 모아서 붙이고 쓰다듬는 듯했어요. 오로지 손의 움직임과 감각에만 의지해 작업하다 보면 어느새 무(無)의 시간이 찾아와 머릿속이 깨끗하게 비워지면서 안정이 됩니다. 그런 마음을 안고 어두워진 공방 바깥으로 나서면 그 어느 때보다 내면이 고요해져 있었어요. 그리고 마음이 이렇게도 출렁임 없이 수평선을 그릴 수도 있구나 깨닫습니다. 차곡차곡 쌓인 그때 그 순간들이 힘들 때마다 떠올라 지금도 위안을 받고 가끔 그리워지기도 합니다.

킨츠기를 하며 상처를 보는 관점이 달라졌습니다. 상처는 실제 상처일 수도 있고 아픈 기억일 수도 있겠지요. 그것들도 킨츠기를 하듯 잇고 채우고 다듬어서 내가 살아온 흔적으로 만들면 아름다울 수 있을 겁니다. 실제로 내 몸에는 수술 자국이 여러 개 있는데, 내 삶의 흔적이라고 여기니 애틋해지더군요(이 이야기도 언젠가 할 수 있을까요?).

공방 수업이 끝난 후에도 지인들의 그릇을 조금씩 고쳐 주며 꾸준히 킨츠기를 하고 있습니다. 최근에는 친구의 유리 화병을 고쳤어요. 사연이 있는 화병이었습니다. 킨츠기를 배우던 초기에 친구에게 의뢰받았던 화병인데 초보가 하기에는 고난도 작업이라 그대로 돌려줄 수밖에 없었어요. 그런데 얼마 전 그 유리 화병을 다시 받아서 고친 겁니다. 말 그대로 산산조각이 나 있어서 조각들의 위치를 찾는 것도 쉽지 않았습니다. 하지만 조각조각의 자리를 찾아 주고 형태를 만들어 가자 마음이 또 편안해지더라고요. 사라진 조각들도 있어 원래의 모습에서는 조금 벗어났지만, 이야기가 담긴 기물이 되어 다시 오랫동안 친구와 함께하겠죠.

킨츠기를 하면 왜 마음이 고요해질까 생각해 봅니다. 많은 것을 한꺼번에 생각하며 사는 복잡한 세상에서 드물게 오직 하나의 사물에만 집중하고 온전히 손에만 의지하는 단순한 작업이라 그런 것은 아닐까요? 가끔은 단순하게 생각해도 괜찮다고 알려 주는 듯합니다. 킨츠기는 할수록 더 잘하고 싶어집니다. 아직은 초보이지만 꾸준히 공부해서 상처로 생긴 선이 그릇의 본래 표정을 더 돋보이게 만들어 내는 킨츠기 작업자가 되고 싶습니다. 기회가 되면 마키의 상처 입은 그릇도 수선해 보고 싶은데, 맡겨 줄래요? 그 그릇들에 담긴 이야기도 꼭 들려주세요.

2021년 10월

추신:

일본 드라마를 참 많이 봐 왔는데 올여름에는 〈프로미스 신데렐라〉라는 드라마에 푹 빠져 지냈습니다. 원작이 순정 만화라 과장이 심하고 전형적인 클리셰로 가득해 다음 장면이 죄다 읽히는 뻔한 내용입니다. 그래서 오히려 머리를 비우고 볼 수 있지요. 요약하자면 노포 료칸 주인의 손자인 불량한 고등학생이 가난하지만 정의롭고 올곧은 여자를 만나면서 변해 가는 사랑 이야기예요. 그런데 매회 눈이 빠지게 기다리며 챙겨 보다가 그만 주인공의 상대역인 배우 마에다 고든에게 빠져들고 말았습니다. 카토리 싱고가 아직 나의 최애이지만 지금은 마에다 고든, 고짱도 최애가 되었어요. 불량스러운 고등학생 연기는 물론이고 코믹한 연기까지 어쩜 그리 잘 소화해 내는지. 이제 막 연기를 시작한 신인 배우라는 생각이 들지 않을 정도입니다.

주인공인 니카이도 후미도 오랜만에 드라마에서 보았는데 그사이 연기도 늘고 멋있는 여성이 되었더라고요. 동물권 문제를 비롯해 사회적 이슈에도 목소리를 내는 배우라 개인적으로 더 관심이 갑니다. 니카이도 후미는 드라마 〈문제 있는 레스토랑〉에서 처음 보았습니다. 그저 좋아하는 일을 계속하고 싶을 뿐인데 여성이라는 이유로 차별당하고 상처받은 여성들이 모여 레스토랑을 여는 이야기입니다. 직장 내 성희롱과 갑질, LGBT, 여성의 자립과 우정, 일과 같은 어렵고 무거운 주제를 잘 다룬 보기 드문 드라마죠.

〈프로미스 신데렐라〉와 고짱 덕분에 단조로운 생활에 기분 좋은 설렘이 더해졌습니다. 요즘은 고짱의 영상을 찾아보면서 난생처음 팬클럽 가입을 고민하고 있어요. 실제로 가입하지는 않겠지만 그런 고민조차 행복하게 느껴지는 건 최애가 있는 사람만 이해하는 즐거움이겠지요. 무언가에 푹 빠지는 감각이 삶에 얼마만큼 활력을 주는지 오랜만에 깨달았습니다. 마키는 케이팝을 오랫동안 좋아해 왔으니 이런 마음을 잘 알 거라 생각해요. 마키는 요즘 무엇에 빠져 있나요?

친구의 화병

킨츠기를 배운
계기가 된 그릇

역시 케이팝!

새로운 생활에 잘 적응하고 있나요? 나는 몸도 마음도 너덜너덜한 날들을 보내고 있습니다. 몇 개월 동안 일이 너무 바빴거든요. 지칠 대로 지친 몸을 이끌고 매일 남은 힘을 쥐어짜며 일합니다. 자영업은 한가할 때는 쓸데없이 한가한데 바쁠 때는 모든 일이 다 겹쳐서 정신없습니다. 언니도 그렇지 않나요? 좀 쉬고 싶다는 생각을 매일 합니다.

그런 일상에 활력을 불어넣는 건 역시 최애 아니겠어요. 언니는 마에다 고든 군에게 빠져 있군요! 팬클럽에 가입하면 일본에서 열리는 이벤트에서 만날 수 있을지 모릅니다. 최애가 있다는 사실만으로 세상이 반짝이는 기분, 잘 알아요.

알다시피 나는 줄곧 케이팝(그중에서도 SM엔터테인먼트 소속 아티스트들) 오타쿠였습니다. 아무리 피곤해도 좋아하는 아티스트의 활동을 확인하고 콘서트에 가고 케이팝을 좋아하는 친구와 최애 이야기를 나누면 단번에 충전됩니다. 케이팝 아이돌은 이제 내 인생의 소중한 일부라고도 말할 수 있습니다.

그런 와중에 팬데믹이 찾아오면서 최애와 언제 만날 수 있을지 모를 날들이 시작된 것이죠. 대면 콘서트가 불가능해지자 바로 온라인 콘서트가 도입되었고 지금은 그 방식이 당연한 것처럼 되었습니다. 하지만 역시 실제로 공연을 보는 것만은 못합니다. 콘서트에 가더라도 소리 내 응원할 수는 없으니 답답한 노릇이지만 어쩔 수 없는 일이에요.

나는 오타쿠 기질을 타고난 사람인 것 같습니다. 2차원에서 3차원까지 다양한 것에 마음을 뺏기며 자랐습니다. 가끔 주변 사람들도 어이없어합니다. 어떻게 하면 그토록 빠질 수 있느냐고, 뭐가 그렇게 좋으냐고요. 하지만 이런 감정은 어떤 논리로도 제대로 설명할 수 없는 것입니다. 특히 케이팝의 늪에 빠진 뒤로는 솔직히 출구를 알 수 없게 되었습니다. 수준 높은 음악과 퍼포먼스, 아트워크와 뮤직비디오 등으로 자신들의 세계관을 표현하는 멋진 아이돌과 뮤지션, 그 독특한 문화에 매료된 지 어느새 10년이 넘었네요. 지금까지 한국 음악에 얼마나 큰 위안과 힘을 얻으며 살아왔는지. 물론 오랫동안 팬으로 지내며 상처 받는 일도 있었지만 그에 비할 수 없을 만큼 긍정적인 에너지를 많이 받았습니다. 모두 나보다 어리지만 존경할 만한 사람들입니다. 경쟁이 심하고 가혹한 세계에서 일하는 그들의 안위가 걱정되는 마음도 있지만, 아이돌 산업의 여러 문제를 무시한 채 그저 태평하게 즐겨서는 안 된다고도 생각하지만, 그럼에도 아이돌이라는 존재로 우리와 함께해 주어서 고맙다고 늘 마음속으로 말합니다. 그들에게 무언가를 바라거나 강요하지 않고 그저 그들이 몸과 마음 모두 건강하게 성장하고 활동하는 것을 지켜보며 행복을 바라는, 길가의 풀과 꽃 같은 팬이 되고 싶습니다.

좋아하는 대상이 생기면 '좋아하는 마음'을 마음껏 표현할 수 있어서 기분이 좋습니다. 좋아하는 마음과 감정을 솔직하게 말하고 아낌없이 좋아할 수 있죠. 살아가는 데 정말 중요한 것입니다. 좋아하는 마음을 무시당하고 부정당하면 상처를 받지요. 이해해 주기를 바라지는 않습니다. 좋아하는 대상은 사람마다 다르니까요. 다만 타인의 좋아하는 마음을 무시하지 말아야겠다고 늘 생각합니다. 좋아하는 마음은 가슴 깊은 곳의 순수한 감정이기에 일상을 살아가는 원동력이 되기도 합니다. 케이팝을 알게 되고 최애가 생기면서 오래도록 힘들었던 몸과 마음이 나아졌다는 내 친구의 이야기를 듣고, 어쩌면 아이돌 테라피라는 게 있을 수도 있겠다 생각했어요.

그런 내가 최근에 빠져 있는 것은 〈걸스플래닛 999: 소녀대전〉이라는 오디션 방송입니다. 한국, 일본, 중국 출신의 개성 있는 여자 아이돌 후보 99명이 데뷔를 목표로 겨루는 프로그램인데 최종회 방송만을 앞두고 있습니다. 수많은 오디션 방송을 지켜본 경험에 비추어 보았을 때 응원하는 후보가 떨어져 충격을 받거나 제작진의 의도적 연출에 상처를 입기도 해 이번에는 보지 않으려고 했습니다. 그런데 아이돌 후보의 마스터로 티파니와 선미 씨가 나온다고 하기에 팬으로서 무조건 봐야겠다는 심정이 되었어요. 아니나 다를까, 역시 프로그램에 푹 빠져 매주 감동하고 마음 졸이며 보고 있습니다. 심장에는 좋지 않겠지요. 최종회는 친구들과 모여서 함께 보기로 했습니다. 과연 어떤 결과가 나올까요?

팬데믹 이후 한국 엔터테인먼트가 일본인의 생활에 더 깊이 침투했다고 실감합니다. 어디까지나 개인적인 느낌이지만 BTS가 전 세계적 인기를 끈 것과 동시에 OTT 서비스로 공개된 〈사랑의 불시착〉 〈이태원 클라쓰〉를 통해 다시 한국 드라마 붐이 일었고, 이에 더해 일본에서 방송된 JYP 오디션 방송의 영향도 컸다고 생각합니다. 물론 SNS도 한몫했을 거예요.

실제로 내 주변에서도 여태 한국에 흥미가 없던 사람들이 케이팝과 드라마, 배우들에게 빠졌고 그중에는 한국어를 배우기 시작한 사람도 있습니다. 코리아타운이라고 불리는 신오쿠보(新大久保)는 인파로 넘치고 젊은 사람들 사이에 유행하는 것들 대부분이 한국에서 들어온 것입니다. 서점에 가면 한국 에세이나 문학을 쉽게 볼 수 있고 길을 걸으면 한국 음악이 흘러나옵니다. 얼마 전에도 근처에 있는 수영장에서 뮤지션 지코의 음악이, 채소 가게에서는 에스파의 곡이 흘러나와 나도 모르게 흥분했습니다. 이런 현상이 비단 일본만의 것은 아니겠지요. 이제 전 세계 사람들이 한국 문화를 접하며 즐기고, 심지어 케이팝 아이돌을 목표로 삼는 시대가 되어 어디서든 그 영향력이 상당하다고 느낄 때가 많습니다. 내가 케이팝을 좋아하기 시작했을 때는 이런 변화가 생기리라고는 꿈에도 생각하지 못했어요. 시대의 다양한 톱니바퀴가 맞물려 현재를 만들었다고 생각하면 기분이 묘해집니다.

킨츠기 이야기를 들려줘서 고마워요. 혼자서 조용히 그릇 수선 작업을 하는 언니의 모습이 떠올랐습니다. 망가진 그릇들이 고쳐 주어서 고맙다고 하는 소리가 여기까지 들리는 듯한 기분이었어요. 그러다가 문득 일본의 쓰쿠모가미(付喪神)라는 신이 생각났습니다. 일본에서는 자연계의 모든 것에 신이 깃들어 있다고 여깁니다. 그중에서도 쓰쿠모가미는 물건에 깃들어 탄생한 신을 말합니다. 찾아보니 신이라기보다는 정령이나 요정에 가깝다고 하네요. 같은 발음으로 한자만 다르게 해서 '九十九神(구십구신, 일본어 발음으로는 쓰쿠모가미)'이라고 부르기도 한대요. 99년이라는 긴 세월을 거치고 마침내 100년을 넘긴 도구에 혼이 깃들어 쓰쿠모가미가 된다고 해서 붙여진 이름이라는 설도 있습니다. 사람을 공격하거나 장난치는 신도 있지만 사람을 행복하게 하는 신도 있다고 하고요. 물건의 신이라면 가장 먼저 떠오르는 것이 종이우산이나 초롱의 쓰쿠모가미입니다. 물건에 혼이 깃든다는 사고는 쉽게 이해되기도 해요. 사용하는 사람이 마음을 담아 사용한 것을 고치는 사람이 마음을 담아 고쳐서 소중히 이어지는 물건에는 분명 좋은 무언가가 깃들겠죠. 언니가 킨츠기를 통해 위안을 받고 치유되었듯이 그릇들도 위안을 얻었을지 모릅니다.

일본 전통문화인 킨츠기를 한국이라는 다른 나라에서 이어받았다는 데 감동했습니다. 아름다운 것에는 역시 국경이 없는 거겠지요. 우리는 마음으로 연결되는 시대에 살고 있으니까요.

〈걸스플래닛999: 소녀대전〉의 주제가에 이런 가사가 있습니다. "같은 순간, 다른 공간, 같은 꿈을 꾸는 너와 나." 이 구절을 들을 때마다 코끝이 찡해져요. 팬데믹 이후의 세상에서는 어쩌면 전 세계의 '좋아하는 마음'이 더욱 융합해 갈지도 몰라요. 모두가 좋아하는 것을 좋아한다고 말할 수 있는 평화로운 세계가 되었으면 좋겠습니다.

2021년 10월

추신:

최근 지친 나에게 위안이 되는 게 또 하나 있습니다. 바로 남편이 만들어 주는 대만 카스텔라예요. 다이후쿠에 이어 이번에도 디저트 이야기네요. 우리 가족이 디저트 만들기를 좋아하는 부류는 아닌데.

대만 카스텔라는 한국에서도 오래전 유행했죠. 우리 가족은 코로나 이전에 갔던 베트남에서 처음 먹어 보았는데, 남편이 그 맛을 잊지 못하겠다면서 얼마 전 갑자기 대만 카스텔라를 만들기 시작하더니 지금은 거기에 푹 빠져 있네요. 처음 만든 것은 볼품없었는데 몇 번 시행착오를 겪고 나서는 폭신폭신한 카스텔라를 만들고 있습니다. 한밤중에 만든다거나 새벽부터 일어나 만들기도 해서 그 열정에 정이 좀 떨어질 때도 있지만요. 어쨌든 직접 만들기 때문에 안심되고 무엇보다 맛있어서 감사하게 먹고 있습니다. 친구들도 가게를 내도 되겠다고 난리였어요. 그러는 와중에 진짜 대만 카스텔라는 어떤 것이었지 하는 소박한 의문이 생겼습니다. 찾아보니 도쿄 스카이 트리 근처에 대만의 유명한 가게가 들어와 있더라고요. 바로 사서 먹어 보았죠. 역시 진짜는 달랐습니다. 빵 자체의 밀도가 촘촘하면서 엄청나게 부풀어 오른 것이 폭신폭신하더군요. 빵 사이에 치즈가 든 카스텔라도 무척 맛있었습니다. 그날 이후 남편은 새 오븐을 사 달라고 조르고 있습니다. 우리 집에는 작은 오븐 토스터만 있거든요. 아직은 충분하다고 생각해서 한동안은 작은 오븐으로 꾸려 갈 남편의 홈베이킹을 지켜보기로 했습니다.

요즘 언니에게 힘을 주는 것은 무엇인가요?

일본 서점에 진열된

한국의 책들

작은 마음가짐 하나로

마키, 지난 편지에서 많이 힘들어 보이던데 괜찮나요? 잠시라도 숨 돌릴 시간을 확보할 수 있다면 좋을 텐데. 자영업자의 일 사정이 그렇지요. 한꺼번에 일이 몰려들어 한없이 바쁘다가도 어느 순간 이상할 정도로 한가해집니다. 나를 필요로 하는 곳이 더 이상 없는 걸까? 이 분야를 떠나야 하나? 나는 쓸모없는 인간인가? 하는 생각까지 하고 나면 바쁜 게 오히려 낫다 싶어서 닥치는 대로 또 일을 받고, 그러면 다시 정신을 차릴 수 없게 되는 악순환. 아, 프리랜서는 어쩔 수 없는 걸까요. 일이란 게 있을 때도 있고 없을 때도 있는 거지 생각하려고 하는데 역시 마음만큼 쉽지 않습니다.

정신없이 바쁠 때는 쉬어야 한다는 생각 자체가 오히려 자신을 궁지로 몰기도 합니다. 프리랜서 2회차가 되어서야 겨우 깨달았어요. 그래서 일이 바빠 숨이 턱턱 막히면 나는 지금 산 하나를 오르고 있고 이 산만 넘으면 된다고 생각하면서 묵묵히 집중합니다. 그 대신 밥 먹는 시간만큼은 한 시간씩 꼬박꼬박 지키며 숨 쉴 틈을 마련해 놓죠. 그런데 이것도 실낱같은 여유라도 있어야 가능한 이야기지, 그마저도 없을 때는 미리 만들어 냉동실에 잔뜩 넣어 둔 김밥을 끼니때마다 돌려 먹고 컴퓨터만 뚫어지게 쳐다보면서 일합니다. 그나마 마감이 정해져 있다는 게 위로라면 위로라고 할까. 아이러니하지만 마감이 있어서 괴롭고 마감이 있어서 다행입니다. 바쁠 때는 누구의 조언도 버겁기 마련이지만 따뜻한 차라도 자주 마시면서 의식적으로라도 심호흡하며 보내요.

마키의 좋아하는 마음에 대한 이야기를 읽으며 책 한 권이 떠올랐습니다. 책방 '사적인서점'을 운영하는 정지혜 작가의 『좋아하는 마음이 우릴 구할 거야』라는 책이에요. 몸도 마음도 힘든 시기에 BTS를 통해 힘을 얻었던 이야기를 담담하게 쓴 에세이입니다.

좋아하는 마음이 얼마나 대단한 것인지 이 책을 읽으며 많이 공감했습니다. 나도 힘든 시기를 좋아하는 아티스트의 곡을 들으며 버텼고, 좋아하는 마음을 지니고 있는 것만으로 큰 위안을 받은 적이 있으니까요(물론 지금도 고짱 덕분에 그렇고요). 무언가를 진심으로 좋아한다는 건 쉬워 보여도 전혀 쉽지 않은 일입니다. 절로 샘솟는 순수한 마음은 억지로 지어낼 수 없는 것이니까요. 주변에 힘들어하는 친구에게도 이 책을 추천했어요. 마키도 꼭 읽어보면 좋겠습니다.

그나저나 마키는 한국 문화에 위안을 받고, 나는 일본 문화에 위안을 받고 있다는 게 신기합니다. 사실 마키가 이야기한 한국 드라마를 난 아직 보지 못했어요. TV를 거의 보지 않기도 하지만, 한국 드라마나 영화를 보면 감정의 기복이 극심해서 다소 버거울 때가 있습니다. 한국 콘텐츠의 흡인력이 내게는 너무 강한 걸까요? 평상시에 느끼는 감정 기복만으로도 충분한 것 같습니다. 그러다 보니 주로 잔잔하다 못해 심심한 일본 영화와 드라마를 즐겨 봅니다. 고바야시 사토미나 가타기리 하이리 같은 배우가 나오는 작품이라고 하면 이해하기 쉬울까요? 〈빵과 스프,

고양이와 함께 하기 좋은 날〉 〈산의 톰씨〉 〈모리의 정원〉 그리고 우리가 좋아하는 〈카모메 식당〉까지. 〈모리의 정원〉은 비교적 최근에 본 영화인데 화단(画壇)의 신선이라고 불린 구마가이 모리카즈의 이야기로, 말년에 집 밖으로 한 발짝도 나가지 않았던 화가의 정원이 작은 우주처럼 펼쳐집니다. 킨츠기 작업을 할 때는 이런 작품들을 라디오처럼 틀어 둡니다. 한국에서도 물건에 영혼이 깃들어 있다는 말을 종종 씁니다. 특히 좋은 작품에는 그걸 만든 사람의 혼이 담겨 있다고도 표현하고요. 영혼을 담아 그릇을 고치는 것. 앞으로 내가 목표로 삼아야 할 경지 같습니다.

최근에는 어떤 공간에서 안락을 느꼈어요. 서촌에 있는 '이이엄'이라는 찻집입니다. 이곳을 처음 찾은 건 작년 1월 1일. 집에서 새해 첫날을 멍하니 보내다 이대로 넘기기는 아깝다 싶어 늦은 오후에 이이엄을 찾아갔어요. 바깥 풍경을 바라보며 한 시간 정도 머물렀는데 고요한 그 시간이 기억에 오래 남았습니다. 그리고 올봄에는 이이엄에서 열리는 찻자리에 참석했습니다. 이곳은 계절마다 일본인 호스트가 준비한 제철 음식과 차로 찻자리를 열거든요. 그때 좋은 시간을 보냈기에 이번 가을 찻자리에도 기꺼이 참석했습니다.

이번 찻자리의 테마는 '들에는 잘 익은 벼 이삭, 산에서 얻은 열매는 선물'이라는 뜻의 부초산포(富草山苞)였습니다. 예약 시간인 다섯 시보다 조금 일찍 도착해 2층 자리로 안내받았는데 창문 아래 좌탁에 한국의 수묵

화와 함께 붓과 먹이 놓여 있었어요. 정갈한 풍경에 잠시 숨을 멈추었습니다. 시선이 닿는 곳마다 꽃으로 장식한 항아리와 그릇들이 가지런하고 아름다웠죠. 자리에 앉아 숨을 돌리자 따뜻한 차가 나왔습니다. 때마침 일부러 맞춘 것처럼 괘종시계가 다섯 번 울리며 오후 다섯 시를 알려 주었어요. 그 순간이 마치 비일상의 세계로 진입했음을 알리는 시그널처럼 느껴졌습니다. 바깥은 늦은 오후에서 저녁으로 옮겨 가고 실내의 불빛은 점점 따뜻한 주황색으로 물드는 모습을 지켜보았습니다. 이이엄에서 보내는 시간은 늘 길지 않지만, 물리적인 시간에 비할 수 없을 만큼 충만하고 기분 좋은 긴장감을 느낄 수 있는 곳입니다.

특별한 추억이 있지 않더라도 조금은 나 자신으로 되돌아갈 수 있는 장소, 나도 모르게 몰아쉬던 가쁜 숨을 찬찬히 고르고 깊게 호흡할 수 있는 공간. 그런 곳을 마음 둘 곳이라고 하겠지요. 어딘가 마음 둘 곳이 하나라도 있으면 그 사실만으로도 조금은 든든하고 힘이 나기도 하는 것 같습니다.

우리가 갈매기 자매 프로젝트를 시작한 지 벌써 6개월이나 되었네요. 2021년도 한 달밖에 남지 않았다니 믿기지 않습니다. 시간은 언제나 나만 뒤에 남겨 두고 빠르게 흘러가는 듯합니다. 나는 특별한 목표 없이 올해를 맞이했어요. 올해는 되는대로 살아 보자는 마음이었죠. 누군가는 그렇게 사는 게 가장 어려운 일이라고 했지만 사는 데 정답은 없으니까. 촘촘히 세운 계획이 꼭 이루어진다는 보장도 없고, 예기치 못한 일이 생겨 생각지도 못한 길을 걷게 되는 경우가 다반사입니다. 예전에는 일이 계획대로 되지 않으면 끙끙 앓으면서 속을 끓였는데 언제부턴가 그게 당연하다고 받아들이게 되었습니다.

그래서인지 올해는 정말 '되는대로' 흘러갔어요. 때마다 주어지는 일을 했고 갑자기 일이 없을 때에는 전부터 계획했던 '킨츠기: 우연의 이음'이라는 인터뷰 작업과 갈매기 자매 프로젝트를 시작했습니다. 얼마 전에는 나의 첫 번역서인 『좋아하는 일을 하고 있다면』의 북토크 이벤트에도 다른 패널과 함께 참가했어요. 이런저런 제안을 딱 잘라 거절하지 않고 받아들였더니 이렇게 되었습니다. 물론 일이 없어서 불안할 때도 있었는데, 그럴 땐 이 시기도 되는대로 돌파해 보자며 스스로 다독였죠.

새해에도 큰 목표는 세우지 않으려고 합니다. 거창한 목표 없이 작은 마음가짐 하나만으로도 괜찮다는 걸 지난 1년을 통해 배웠으니까요. 다만 '되는대로 살아 보자'에 '작은 제안이라도 일단은 모두 시도해 보자'는 마음을 얹어 보려고 합니다. 평범한 말도 입 밖으로 내뱉는 순간 조금 특별해지기도 하는 법이잖아요. 마치 말에도 영력이 깃들어 있다는 일본어의 고토다마(言霊)처럼. 밀려오는 파도를 타고 어디로 흘러갈지 그 누구도 알 수 없는 게 인생이니까요(이것도 흔하디흔한 말이네요).

갈매기 자매에도 무언가 변화가 필요하겠지

요. 계속해서 즐겁고 느슨하게 함께해 보기로 해요. 내년에도 잘 부탁합니다.

2021년 11월

추신:

이 시기가 되면 꼭 마련해 두는 게 있습니다. 작은 탁상 캘린더예요. 몇 년 전까지만 해도 내 책상에 탁상 캘린더가 놓인 적은 없었는데 새롭게 생긴 연말 루틴입니다. 캘린더는 항상 'MMMG'라는 브랜드의 것으로 구매합니다. 일러스트나 사진 없이 오직 숫자만 있는 캘린더예요. 앞면에는 그 달의 숫자가 큼직하게 들어가 있고 뒷면에는 1부터 31까지 날짜가 표시되어 있습니다. 꼭 두 개를 사서 하나는 앞면이 보이도록 두고 다른 하나로 날짜를 확인합니다.
언젠가 서너 살이던 조카가 책상에 둔 캘린더를 가지고 놀기에 나중에 확인해 보니 숫자마다 동그라미를 그려 놓았더라고요. 월만 표시된 페이지에는 숫자 크기만큼 큼직하게, 날짜가 표시된 페이지에는 숫자마다 작게. 그걸 보고는 캘린더로 숫자를 익힐 수도 있겠다 싶어서 그다음 해에는 조카에게도 사 주었는데 그때는 쳐다도 보지 않더군요.
이번 MMMG 캘린더는 리소 프린트로 제작해서 다른 해와는 조금 다르게 수제 느낌이 납니다. 새로운 해에도 이 캘린더와 함께 일상을 채우면서 지내 보려고요.
갈수록 모험은 하지 않고 좋았던 제품만 사게 되는 듯합니다. 곁에 두고 매일 사용하는 물건은 역시 나에게 편한 것이 최고 같아요. 마키도 연말이 되면 다음 해를 위해 준비하는 것이 있나요?

이이엄 봄 찻자리

이이엄 가을 찻자리

안녕 2021, 안녕 2022

마키

한국어는 참 신기합니다. '안녕'이라는 말에 안녕하세요, 잘 가요, 하는 두 가지 의미가 있으니까요. 안녕 2021년, 안녕 2022년. 이 편지가 올해 마지막 편지네요.

드디어 정신없고 답답했던 생활에서 벗어났다는 소식 전합니다. 따뜻한 조언 고마웠어요. 덕분에 올해 연말도 건강하게 보내고 있습니다.

연말연시는 고향에 가지 않고 도쿄에서 보내기로 해서 오늘은 부지런히 이것저것 사러 외출했습니다. 크리스마스에서 설날로 이어질 때의 도쿄는 근사합니다. 단풍잎이 다 떨어져 가로수는 조금 쓸쓸하지만, 거리는 온통 크리스마스 장식으로 넘치고 밤에는 일루미네이션으로 반짝반짝 빛납니다. 그런 풍경이 12월 25일까지 이어지다가 곧바로 설날 장식으로 바뀌죠. 이맘때가 되면 다들 천천히 한 해의 업무를 마무리하고 하나둘 가게 문을 닫으면서 거리에도 사람이 없어 한적해집니다. 쉬지 않고 돌아가던 도시도 이때만큼은 잠시 휴식을 취하는 느낌. 조용한 거리를 걷다 보면 올해도 끝나 간다는 걸 실감합니다.

나는 이 시기만 되면 대학생 때 롯폰기 힐스에서 크리스마스 일루미네이션을 다는 아르바이트를 했던 일이 떠오릅니다. 무척 추운 날이었는데 밤에 현장에서 일하는 직원들이 "이 시기가 가장 바빠서 잠잘 시간도 없어요." 라고 했던 말이 기억에 오래 남아 있습니다. 그러고 보니 언젠가 취재했던 양과자점 주인도 이 무렵이 전쟁이라고 했어요. 대부분 휴식을 취하는 그때가 누구에게는 전쟁 같은 시간인 거죠. 한 사람 한 사람이 제 몫을 해낸 덕에 올해도 평화롭게 지낼 수 있었구나, 감사하며 살아야겠다고 생각했습니다.

지난 편지에서 이야기한 〈걸스플래닛999: 소녀대전〉이 끝났습니다. 전혀 예상하지 못한 결과가 나와 충격이었죠. 직전 회차까지 데뷔가 거의 확실해 보였던 후보가 아슬아슬하게 통과한 데다 그때까지 눈에 띄지 않았던 후보가 상위에 올라 데뷔가 결정된 것입니다. 발표 순간에 함께 방송을 보던 친구들도 시간이 멈춘 것 같았다고 하더군요. 역시 오디션 방송은 늘 이런 식입니다. 올해 최고의 충격이었고 한동안 오디션 방송을 보지 않겠다고 다짐했습니다(하지만 다른 방송이 시작하면 또 모르죠).

한국과 일본의 표현 방식이 정말 다르다고 생각합니다. 한참 한국 문학과 영화만 본 적이 있었어요. 그때 소설 『난장이가 쏘아올린 작은 공』과 『소년이 온다』, 영화 『택시운전사』와 『1987』을 연달아 보다가 그 무게감에 눌려 정신을 차리지 못했습니다. 요즘 인기 있는 〈이태원 클라쓰〉도 보았는데 악역이 대단했어요. 드라마 중반부터는 그 악역의 연기를 가장 기대하며 볼 정도였죠. 그렇지만 일본의 차분하고 담담한 표현 방식도 물론 좋아합니다. 힘들고 괴로운 것은 되도록 피하고 싶으니까요. 위로받기 위해 일본 콘텐츠를 보는 언니의 마음도 알 것 같습니다. 한국와 일본 콘텐츠 사이를 넘나드는 일은 마치 교감신경과 부교감신경을 넘나드는 것 같은 느낌입니다. 서로 다른 표현의 깊이를 체험하고 역으로 비슷한 점을 발견하는 일은 흥미로워요. 지금은 나도 고바야시 사토미 씨가 나오는 작품을 보면서 마음을 쉬게 하는 게 낫겠습니다. '두근두근' '조마조마'를 감당하기는 힘든 시기니까요. 그런 의미에서 한국에서의 찻자리도 꼭 경험해 보고 싶습니다. 일본의 찻자리는 그 세계와 인연이 없는 사람에게는 문턱이 높거든요.

"되는대로 살아간다". 실은 나도 같은 마음으로 줄곧 살아왔습니다. 새해가 시작되면 목표를 세우던 때도 있었지만, 이상하게 원하는 방향으로 나아가지 못하는 시간이 이어졌습니다. 나를 가로막는 불가사의한 힘이라도 있는 것처럼. 그래서 이럴 바에는 모든 것을 흐름에 맡겨 보자고 생각했죠. 사는 게 다 이런 거겠지 하고 반쯤 포기한 채, 지금 할 수 있는 일을 하며 즐겁게 보내자고 말이에요. 안달복달하는 것보다는 이게 훨씬 낫겠다 싶었습니다. 가끔은 좋은 흐름이 올 때도 있고 상상도 못 한 일에 휘말릴 때도 있지만, 그 모든 게 일어날 일이었다고 생각하면 마음이 편안해집니다.

올해도 그랬습니다. 나는 나. 언제나처럼 흐름에 맡기고 내가 할 수 있는 일을 하자고 다짐했어요. 그 흐름을 따라 느슨하게 핸들을 쥐고 흘러가다 보니 다른 사람이 필사적으로 올라가는 저 산에 올라 볼 마음이 내게는 전혀 없다는 걸 깨닫게 되었습니다. 아무도 가지 않는 길에 오히려 관심이 생기기도 하고요. 예전처럼 결과에 집착하거나 스스로 이상적이라고 생각하는 모습만 고집하며 주변 사람들과 나를 비교했다면 무척 우울했을 거예요.

평범한 매일이야말로 보물 같습니다. 여덟 살 아들과 많은 시간을 보낼 수 있었던 것이 특히 좋았어요. 봄에는 해리포터 1편을 아들과 함께 읽었습니다. 무려 464쪽이나 되는 것을요. 등장인물을 서로 나눠서 읽느라 두 달이 걸리긴 했어도 아이와 취미를 공유할 수 있어 좋았습니다. 지금은 아들 혼자서 2편을 읽고 있어요. 그새 많이 자랐죠? 반복되는 날들 속에서 쑥쑥 자라나는 아이를 보면 듬직하면서도 씁쓸한 기분이 듭니다. 동시에 나는 손톱만큼도 성장하지 못했다는 생각을 할 때도 있습니다. 올 한 해 기쁜 일도 힘든 일도 많았지만, 돌이켜 보면 평온하고 행복했습니다.

사실 조금 복잡한 가정 환경에서 자란 탓에 지금 같은 '가족과 함께하는 평온한 날들'을 경험한 적이 없었습니다. 그런 모습은 드라마 속에나 있다고 생각했어요. 조금 무거운 이야기지만, 어렸을 때 이야기를 조금 해볼까 합니다.

나는 어렸을 때 동북지방의 시골 마을에서도 더 들어간 산기슭에서 부모님과 할머니와 함께 지냈어요. 나이 차이가 큰 언니 오빠와는 떨어져서 자랐습니다. 어린 나의 좁은 세계 안에서 어른들은 언제나 아군과 적으로 갈라져 보였습니다. 보고 싶지 않은 것도 많이 보며 자랐죠. 아무렇지 않은 듯 지냈지만 모든 것이 지겨웠고 분노와 미움이 속에서 마그마처럼 들끓고 있었습니다. 무엇보다 언제나 고독했어요. 그것이 계기가 되어 도시로 나왔지만, 어렸을 때 입은 마음의 상처가 생각보다 깊었던지라 꽤 오랫동안 힘들었습니다. 이 나이가 되어서야 극복한 듯합니다. 시간이 흘렀기에 알게 된 것도 있고, 그런 환경에서 배운 것도 있었으리라고 이제는 생각합니다. 그래서 더욱 지금의 생활이 기적 같고 감사해요. 과거의 나는 결혼할 마음도, 아이 생각도 없었습니다. 나에게는 어렵고 불가능한 일이라고 생각했어요. 그럼에도 현재의 모습에 이르게 된 것에는 어떤 심오한 뜻이 있을지도 모르겠습니다.

며칠 전 이불 속에서 아이가 갑자기 이런 말을 했어요. "나, 계속 아이로 있고 싶어. 엄마도 아빠도 할머니 할아버지가 되지 않고 이대로 셋이 보내는 1년이 계속 이어지면 좋겠다." 그 말이 기쁘고 좋으면서도 서글펐습니다. "엄마도 그렇게 생각해. 그런데 싫어도 나이는 저절로 먹게 되는 거야. 함께 즐거운 시간을 많이 보내자." 이렇게 대답하면서 혼자 눈물을 훔친 것은 비밀입니다. 애니메이션 캐릭터가 아닌 이상 나이가 들지 않는다는 건 있을 수 없는 일이죠. 끝이 있기 때문에 지금이 더 소중한 법. 할머니가 되어 내 삶을 뒤돌아보았을 때 어린 아들과 보낸 이런 보통의 날들이 보물처럼 떠오를 것 같습니다.

2021년 12월

추신:

일본은 1월 1일이 설날이기 때문에 지금 부지런하게 신년맞을 준비를 하고 있습니다. 먼저 대청소. 평소에는 잘 하지 않는 바닥 물걸레 청소와 냉장고 청소를 비롯해 창문과 환기구도 열심히 닦았어요. 깨끗해지는 건 기분 좋지만 피곤이 늘었다는 점도 부인할 수 없습니다. 에도 시대에는 12월 13일에 성 안과 그 아래 서민들이 살던 시타마치(下町)의 연말 대청소를 했다고 합니다. 그날 바닥에 불을 지피는 화로인 이로리 뒤쪽과 아궁이의 그을음을 털어 내고 1년의 때를 씻어 냈대요. 청소가 끝난 뒤에는 헹가래를 하고 연회를 열어 온 동네가 떠들썩하게 보내고요. '13일 허연 놈은 혼난다(十三日白い野郎は叱られる)'라는 시도 있었다고 하니 이날만은 목욕탕도 더 붐볐을 것 같습니다. 그리고 15일부터 31일까지는 떡방아 찧는 소리로 가득하고 활기가 넘쳤다고 해요. 생각만 해도 신이 납니다. 요즘 시대에도 대청소 휴가나 떡방아 찧기 휴일 같은 게 있다면 좋을 텐데.
이제 대청소도 끝냈고 현관에 설날 장식도 걸었습니다. 꽃을 장식하고 떡 두 개를 포갠 가가미모치도 가미다나(조상과 신을 모시는 용도로 가정에 두는 선반)에 놓았으니 설날맞을 준비가 끝난 셈이에요. 설날 음식인 오세치(새우와 청어알 등 길한 의미를 지닌 음식을 찬합에 담아내는 일본의 신년 음식)는 만들지 않고 주문했습니다. 그러고 보니 예전에 언니와 오세치 요리를 만들었던 기억이 나네요. 정말 재미있었는데. 한국은 설날까지 아직 좀 남았지요? 언니는 어

떤 새해를 맞이했을지 궁금합니다. 부디 좋은 한 해 되기를 빌어요.

열한 번째 편지

평범하지만 당연하지 않은 것들

하나

언제부턴가 시간이 참 빠르다는 말을 입에 달고 사는 것 같아요. 나이가 들수록 하루하루 빠르게 흘러간다고 느끼는 건 그 나이만큼의 속도로 살아서 그렇다던데, 이상한 건 그 속도가 매해 일정하게 증가하는 게 아니라 어느 순간 가속도가 붙는 느낌이 든다는 겁니다. 지금도 이 정돈데 엄마 나이가 되면 또 어떤 느낌일까. 문득 엄마와 나의 하루가 얼마나 다른 속도로 흐르는지 비교해 보고 싶다는 엉뚱한 생각을 해 봅니다.

마키 말대로, 같이 보냈던 연말에 일본의 설날 음식과 한국의 설날 음식을 만들어 먹은 적이 있지요. 연말이 되면 도쿄에서 보낸 그런 시간들이 떠오릅니다. 일본 친구와 김밥을 만들어서 함께 아르바이트를 하던 사람들에게 나누어 준 적도 있었습니다. 한국과 일본의 문화를 함께 공유했던 그 경험들은 내게 무척이나 특별합니다.

곧 겨울도 끝이 나고 봄으로 접어들겠지요. 나는 겨울을 좋아해서 언제나 이맘때가 되면 아쉬운 마음입니다. 계절은 돌고 돈다지만 겨울은 다른 모든 계절을 다 거치고서야 다시 만날 수 있는 거잖아요. 한정원 시인이 쓴 『시와 산책』이라는 에세이에 작가가 겨울을 사랑하는 100가지 이유가 나오는데 1번부터 100번까지 모두 눈이라고 이야기합니다. 내가 겨울을 좋아하는 이유도 볼이 찢어지다 못해 머릿속까지 얼얼하게 만드는 찬바람과 온통 세상을 하얗게 만드는 눈 때문입니다. 차가운 바람을 맞으며 눈 속을 걸으면 세상에 오직 나만 존재하는 듯한 기분이에요.

어렸을 때는 눈이 오면 베란다 창문에 딱 붙어서 춤추듯 내리는 눈이 바깥을 하얗게 뒤덮는 모습을 바라보곤 했습니다. 그때마다 엄마는 내가 강아지 같다고 했어요. 결국에는 밖으로 나가 펑펑 쏟아지는 눈 속을 누볐는데 그건 지금도 마찬가지입니다. 눈만 내리면 강아지처럼 달려 나가요. 아무리 나이를 먹어도 좋은 건 좋은 거니까.

익산은 2월 첫날에 눈이 내렸습니다. 집에서 눈 구경을 하다가 결국 조카에게 외쳤죠. "나가자!" 놀이터에 가서 조카와 눈싸움을 하는데 슬금슬금 후회하기 시작했습니다. 눈사람도 만들고 한참 눈싸움을 했는데도 조카가 도무지 집에 들어갈 생각을 하지 않는 겁니다. 나와 조카가 눈을 즐기는 방식이 전혀 달랐던 거죠. 그렇게 쫓고 쫓기다가 조카의 손을 잡고 잠깐 눈밭을 걷는데 조카가 이렇게 말했어요. "눈은 우리 삶에 좋은 것 같아. 장난감이 없어도 재미있게 놀 수 있고 걸을 때 뽀드득뽀드득 좋은 소리도 들려주니까. 고모, 들어 봐. 소리가 너무 좋아."

여섯 살짜리 아이가 이런 말을 하다니. 어른스러우면서도 아이라서 할 수 있는 말이겠지요. 조카의 순수한 발언에 마음이 간질간질했지만, 어른인 내가 그렇게 말했다면 주변 사람들 팔에 닭살이 오소소 돋았을 겁니다.

주로 혼자서 활자와 씨름하며 단조로운 일상을 사는 내가 마키의 편지에서 가족과 함께하는 이야기를 들으면 통통 튀는 세상에 놀러 간 기분이 들어 미소 짓게 됩니다. 그러고 보면 우리는 놓여 있는 상황이 참 다른데 생각은 비슷한 것 같아서 신기합니다. 그러니 이렇게 편지도 나누고 있는 거겠죠. 흘러가는 대로 산다는 건 어떤 상황이든 받아들이고 그 안에서 내 몫을 찾는 일이라는 생각도 듭니다. 일단은 받아들이는 자세가 필요한 거예요. 받아들여야 비로소 눈앞의 상황이 보이고, 머리도 몸도 톱니바퀴처럼 천천히 맞물려 움직이게 됩니다. 삶의 주도권만 내가 잘 잡고 있으면 되겠죠.

새해 이야기를 하려면 다사다난했던 12월 말의 이야기부터 꺼내야 할 것 같습니다. 몇 년 전부터 내게 12월 말에서 1월 초까지는 조카 돌봄 기간이에요. 유치원 방학 기간이거든요. 이번에도 12월 말이 가까워 오는 걸 보며 나름의 각오를 하고 있었습니다. 그런데 조카 방학이 느닷없이 일주일 앞당겨 시작되었어요. 유치원에 코로나19 집단 감염이 발생한 겁니다. 조카 육아의 귀여움과 괴로움을 이미 충분히 경험해 본 나는 잠시 까마득해졌지만 코로나에 걸린 것보다는 낫다고 생각했습니다. 하지만 상황은 점점 더 심각해졌습니다. 조카가 뒤늦게 밀접 접촉자 통보를 받았거든요. 방학과 동시에 동생네 가족이 우리 집에 와 있었던 터라 나를 포함한 모두가 밀접 접촉자의 밀접 접촉자가 된 상황. 다음 날 동생네는 유치원에 마련된 PCR 검사소로, 엄마와 나는 지역 보건소로 향했어요. 아침 9시도 안 된 시간에 도착했는데 이미 줄은 끝도 보이지 않았습니다. 하필이면 북극 한파가 찾아온 날. 아이들이나 어르신은 없던 병도 생기는 게 아닐까 걱정이 되었습니다. 엄마와 나는 세 시간 가까이 기다린 끝에 검사를 받았어요. 코가 어찌나 아프던지 눈물이 핑 돌았습니다. 다음 날 다행히 가족 모두 음성 판정을 받았지만 밀접 접촉자인 조카는 격리에 들어가야 해서 조카와 동생의 배우자 둘만 집으로 돌아갔습니다. 격리는 1월 1일에 끝났어요. 연말을 집에서만 보낸 조카는 그사이 질색하는 PCR 검사를 두 번이나 더 받고서 새해 첫날 본가로 왔습니다.

그동안 팬데믹 상황이 남의 일처럼 느껴졌던 것도 사실입니다. 주변에 코로나 확진자나 밀접 접촉자가 없었기 때문에 크게 와닿지 않았거든요. 사람은 역시 겪어봐야 아는 존재입니다. 그 와중에 의료진 부모가 있는 아이들은 어린이집에 오지 못하게 했다는 뉴스를 보았어요. 인간은 어디까지 이기적이고 오만한 걸까요. 지금 당장 필요한 인력이라며 열악한 환경에서의 희생을 강요하면서 한쪽에서는 차별이 일어나는 현실이 참담합니다.

한국에서는 코로나가 시작되면서 '필수 노동자'라는 표현을 자주 쓰고 있습니다. 필수 노동자란 국민의 생명·안전과 사회기능 유지를 위해 핵심 서비스를 제공하는 노동자로, 보건·의료·돌봄 종사자, 배달업 종사자, 환경미화원, 제조·물류·운송·건설·통신 등 영역의 대면 노동자가 포함된다고 합니다. 코로나 이전에는 거의 들어 본 적 없는 표현이에요. 감염병이 확산하고 사회적 시스템이 비대면으로 전환되면서 그들의 존재가 수면 위로 드러난 겁니다. 그동안 사회에서 중요하지 않은 것처럼 여겨지던 직업과 그 일에 종사하는 사람들이 실은 얼마나 중차대한 역할을 맡고 있는지 모두가 깨닫기 시작했어요. 우리가 실내에서 안전하게 비대면으로 모든 것을 해결하고 있을 때 누군가는 위험을 무릅쓰고 현장에서 고군분투하고 있다는 것을 말이죠. 그들의 생업이니 어쩔 수 없다는 말은 공허합니다. 팬데믹 이후에도 이들의 존재가 희미해지지 않고 지금보다 나은 환경과 조건에서 일할 수 있기를 바라는 마음뿐이에요.

올해도 되는대로 시작했습니다. 어떤 날에는 서울에 마련한 사무실에서 눈을 바라보았고 또 어떤 날에는 카페 고잉홈에서 조용히 아침을 맞이했습니다. 전부터 듣고 싶었던 에세이 수업이 시작되어서 매주 써야 하는 글 때문에 머리를 싸매고 있기도 합니다. 틈틈이 킨츠기를 하고 새로운 번역 작업도 들어갔어요. 이번에 맡은 책은 고양이가 주인공인 에세이입니다. 고양이의 엉뚱하고 귀여운 모습에 피식피식 웃으며 번역하고 있습니다. 여느 때와는 다른 연말을 보낸 뒤라 다시 찾아온 보통의 날들이 그저 감사합니다. 살면서 힘이 들 때마다 이런 평범하지만 당연하지 않은 순간들을 하나씩 꺼내 본다면 조금은 수월하게 견뎌낼 수 있지 않을까요?

2022년 2월

추신:

정신없이 맞은 연말이었지만 한 해를 마무리할 무렵 짬을 내서 국립중앙박물관에 다녀왔습니다. 〈옻, 아시아를 칠하다〉라는 전시를 보러 간 것이었어요. 그런데 그 전시실에 들어가기 전 우연히 들른 〈사유의 방〉에서 한동안 자리를 뜰 수 없었습니다. 그 안에는 두 개의 불상만이 놓여 있었어요. 반가사유상이라는 이름은 같았지만 하나는 6세기의 화려한 불상, 또 하나는 7세기의 소박한 불상이었습니다. 반가사유상은 반가(半跏)의 자세로 한 손을 뺨에 대고 생각에 잠긴 부처의 상을 뜻해요. 반가의 자세는 멈춤과 나아감을 거듭하며 깨달음에 이르는 움직임이고, 수행과 번민이 맞닿고 엇갈리는 순간을 보여 준다고 합니다. 멈춤과 나아감. 상반되는 이 두 표현이 깨달음에 이르는 움직임이라니. 생각해 보면 맞는 말 같습니다. 멈추었을 때 비로소 보이는 것이 있고 그것으로 나아갈 힘을 얻기도 하니까요. 나의 경우에도 멈추었다고 생각한 시간 덕분에 번역가라는 지금의 내가 있습니다. 두 불상 앞에 앉아 한참을 바라보았는데 마음이 정돈되면서 눈물이 나더군요. 그날의 고요한 시간이 한동안 머릿속에서 떠나질 않았습니다.

그리고 새해가 되어 그곳에 다시 갔습니다. 여전히, 아니 훨씬 더 좋더라고요. 두 불상을 바라보면 마음이 차분해져서 시간의 흐름조차 느껴지지 않습니다. 불상의 온화한 눈빛과 손끝이 나까지 사유의 세계로 데려가 잠시 멈추었다 나아가게 하는 듯했어요. 지금 인류가 처한 상황의 해법도 멈춤과 나아감 아닐지. 상설 전시라 특별한 사정이 없다면 전시는 계속될 거예요. 마키에게도 추천하고 싶습니다.

국립중앙박물관에서 보이는 남산타워

열두 번째 편지

평온한 2월에 생각한 것

마키

절기상으로는 벌써 봄이지만 체감하기로는 아직 겨울입니다. 하필이면 연말연시에 코로나 소동을 겪었군요. 편지를 읽는 나까지 우왕좌왕하는 기분이 들었습니다. 가족 모두 음성이었다니 다행이지만, 여러모로 걱정이 많았겠어요.

나는 얼마 전 일을 겸해서 본가에 다녀왔습니다. 마침 눈이 많이 내리는 시기여서 언니처럼 눈싸움도 하고 썰매도 탔어요. 지붕에 쌓였다가 떨어진 눈을 모아서 제설용 덤프트럭과 삽으로 탄탄하게 만들면 지붕에서부터 이어지는 긴 썰매길이 완성됩니다. 어렸을 때 뛰놀던 장소에서 아들도 똑같이 노는 모습을 보니 감개무량했어요. 어린 시절엔 나도 눈 속을 뛰어다니는 한 마리 강아지였습니다. 위험천만하게 집 뒤쪽에 있는 6미터 정도 되는 급경사면을 썰매를 타고 내려오기도 하고 꽁꽁 언 연못 위를 탐험하다 얼음이 깨져 동사할 뻔한 적도 있었죠. 내가 자란 곳은 눈이 많이 오는 지역이라서 겨울에는 스키복을 입고 학교에 갔습니다. 걸어서 30분 정도 되는 거리를 눈을 뭉쳐 던지기도 하고 먹기도 하면서 즐겁게 오갔습니다. 스키 수업이 있는 날에는 스키를 신고 등교했어요. 언덕을 오를 때는 정말 힘들었습니다. 다 같이 옆으로 서서 한 발 한 발 부지런히 올라가던 모습은 지금 생각해도 웃음이 나요. 눈 하면 어렸을 때의 그런 추억들이 떠오릅니다. 이제는 폐교해서 더 이상 그런 풍경은 볼 수 없을 거예요.

『시와 산책』은 지난번 선물 꾸러미에 들어 있던 책이지요? 겨울을 좋아하는 이유를 쓴 부분은 나도 특히 기억에 남아 있습니다. 그러고 보니 예전에 언니에게 받은 안녕달 작가의 그림책 『눈아이』도 겨울과 관련된 작품이었네요. 그 책은 마침 초겨울에 도착해 더욱 특별했지요. 겨울 풍경에 대한 아름다운 묘사와 소년과 눈아이의 우정을 보며 잊고 있던 순수한 마음이 되살아나는 듯했습니다. 내가 정말 좋아하는 그림책 가운데 하나입니다. 한국의 서점에서 그림책 『수박 수영장』의 표지를 보고는 한눈에 반했었죠. 그 뒤로 안녕달 작가를 좋아하게 되었고요. 색연필로 묘사하는 한국의 풍경이 부드럽고 산뜻하면서 동시에 사람을 서정적으로 만듭니다. 그림책에 담는 표현 방식이 무척 매력적인 작가예요. 늘 좋은 책 선물, 고마워요.

내가 가장 좋아하는 겨울 책은 『밤의 요정 톰텐』입니다. 톰텐(Tomten)은 스웨덴에 전해져 오는 난쟁이 요정을 말합니다. 노르웨이와 덴마크에서는 니세(nisse), 핀란드에서는 똔뚜(tonttu)라고 불리는데, 주로 농가의 창고에 살면서 밤이면 몰래 가축을 돌보기도 하며 그 집의 행복을 지켜 주는 요정이라고 합니다. 『밤의 요정 톰텐』은 스웨덴의 시인 빅토르 뤼드베리의 시를 기반으로 만든 그림책이에요. 소복소복 눈 내리는 한겨울 밤, 톰텐은 혼자서 가축과 동물들을 보살피며 생명과 우주에 대해 생각합니다. 사람은 어디에서 와서 어디로 가는 것일까? 물은 어디에서 샘솟아 어디로 흘러갈까? 시적인 분위기와 더불어 아름답게 그려진 겨울 농장 풍경이 본가 주변의 눈 쌓인 장면과 중첩된다는 점도 이 책을 좋아하는 이유입니다. 적막하고 차가운 겨울 밤하늘, 달은 조용히 내려앉은 눈을 투명하게 비추고 눈에 삼켜진 세상은 하늘에 흩뿌려진 별들만이 눈을 깜박이듯 반짝입니다.

추위를 많이 타는 데다가 설국의 겨울 하늘은 늘 회색빛이기에 기분이 가라앉습니다. 그럼에도 눈에 끌리는 것은 그것이 나에게 원풍경이고, 또 이 그림책이 나에게 아름다운 여운으로 남아 있기 때문이겠지요.

원풍경은 사람의 마음 깊은 곳에 있는 원초의 그리운 심상을 뜻합니다. 나에게는 그것이 설경이기도 하고 어릴 적 구석구석 뛰어다니며 놀던 본가와 정원, 마을과 뒷산, 학교 가는 길 등 그 시절의 모든 풍경이기도 합니다. 여전히 꿈에 몇 번이나 장면을 바꾸고 나와서 이제는 만날 일도 없는 어렸을 적 친구를 등장시키기도 하며 언제나 마음을 아득하게 만듭니다. 오사카 시내에서 자란 남편에게는 원풍경이 아파트 단지의 모습이라고 하더군요. 아파트 단지의 규칙적인 그리드와 파란 하늘이 만들어 내는 리듬, 집에서 내려다본 강과 산책로, 멀리 보이는 롯코산맥(六甲山脈) 같은 장면들.

언젠가 내 고향을 영상으로 찍는 일을 맡은 적이 있었습니다. 그 동네에 사는 몇몇 가족의 생활을 찍어서 다큐멘터리 영상으로 정리하는 일이었는데 공개 후에 반응이 꽤 좋았죠. 흥미로웠던 건 “도시에서 나고 자랐지만 어딘가로 돌아가고 싶어졌다” “그리운 마음이 샘솟아 눈물이 흘렀다” 하는 감상을 많이 들었다는 것입니다. 정작 나는 그런 의도로 영상을 제작한 게 아니었고 그저 있는 그대로의 생활을 담은 것뿐이었는데. 그때 사람은 어떤 것을 볼 때 그 너머로 자기 마음속에 잠들어 있는 풍경을 함께 보는지도 모르겠다고 생각했습니다. 꼭 실제로 체험한 풍경이 아니더라도 상관없는 것 같아요. 언니는 어떤 원풍경을 간직하고 있나요? 무언가 떠오르는 장면이 있나요?

눈으로 둘러싸인 시골에서 시간을 보내다 돌아온 도쿄는 완전히 정반대의 날씨입니다. 맑고 기분 좋은 파란 하늘이 매일 이어지고 있어요. 오늘도 후지산이 아름답네요. 후지산이 가장 잘 보이는 계절은 겨울이라는 걸 이 집에 살면서 알았습니다. 공기가 맑아서 아침부터 저녁까지 선명한 후지산을 볼 수 있거든요. 여름에는 대부분 이른 시간에만 볼 수 있습니다. 기온과 습도가 높아 금세 공기가 탁해지지요. 지쳤을 때는 밖에 나가지 않고 후지산을 바라보고만 있어도 힘을 얻는 듯합니다.

2월에는 된장을 만들었어요. 된장 만들기는 작년에 처음으로 도전해 보았습니다. 집에 있는 시간이 많아진 김에 된장이라도 만들어 보자 한 것인데 정말로 맛있는 집된장이 완성되었어요. 아들도 즐거워했죠. 그래서 작년에 이어 올해도 된장을 만들기로 한 겁니다. 아들이 이번에는 많이 만들고 싶다며 졸라서 큰마음 먹고 10킬로그램을 만들기로 했습니다.

된장 만드는 재료는 몇 가지 되지 않습니다. 대두, 쌀누룩, 소금만 있으면 돼요. 만드는 데는 이틀 정도

걸립니다. 먼저 첫째 날은 대두를 씻어서 하룻밤 물에 불립니다. 다음 날 대두가 물을 가득 머금고 부풀어 오른 걸 확인한 다음 커다란 냄비 두 개에 담고서 손으로 눌렀을 때 쉽게 뭉개질 정도가 될 때까지 두 시간가량 거품을 걷어 내며 삶습니다. 그다음은 대두를 뭉개는 작업. 이게 정말 힘들어요. 콩을 곱게 뭉개야 해서 힘이 많이 들어갑니다. 올해는 대량으로 만들기로 한 만큼 믿을 만한 조력자를 불렀습니다. 바로 언니네 가족. 언니 부부와 조카 둘, 우리 가족까지 합쳐 모두 여섯 명이 대두를 열심히 뭉갰습니다. 식탁에 비닐 시트를 깔고 삶은 대두를 넓게 편 다음 도구와 손을 사용해 끈기 있게 문지릅니다. 작년에는 이 과정에서 콩을 제대로 뭉개지 못해서 알맹이가 남아 있는 된장이 되어 실패했어요. 그래서 올해는 신중에 신중을 기했습니다. 힘든 작업도 여럿이 하면 이벤트가 되어 즐겁고 작업도 빨라집니다.

콩을 어느 정도 잘게 뭉갰다면 거기에 쌀누룩과 소금을 섞어 양손으로 캐치볼을 하듯 공기를 빼며 둥글게 빚어서 보관 용기에 담습니다. 마지막에는 용기에 담은 된장을 평평하게 만들어 다시마를 넣고 소금을 듬뿍 뿌린 후 랩으로 싸서 그 위에 돌 같은 것을 올리고 뚜껑을 덮으면 완성입니다. 베란다에 두고 다음 겨울이 올 때까지 기다리면 됩니다.

일본에는 '데마에 미소(手前味噌)'라는 말이 있습니다. 스스로 칭찬하고 자랑한다는 의미인데 집된장

맛을 서로 자랑하던 것에서 유래한 말이라고 합니다. 실제로 여러 사람이 만든 된장을 쭉 늘어놓고 맛을 비교해 보면 자신이 만든 된장이 가장 맛있다고 대답하는 사람이 많대요. 같은 재료라도 전혀 다른 '우리 집 손맛'이 생기는 것이 된장 만들기의 심오함이라고. 재료를 섞을 때 손을 사용하면 피부에 있는 상재균(건강한 사람의 몸에 일상적으로 존재하는 미생물)이 섞여 나만의 맛을 낸다고도 하네요.

그리고 역시 발효식품이기 때문에 살아 있다는 느낌입니다. 발효될수록 된장 맛이 점점 변해 가요. 지난달에는 김치 만드는 법을 배웠는데 역시 직접 만들어 보니 맛이 달랐습니다. 정말 맛있었어요. 하지만 도구나 보관 장소를 마련하는 게 어려워서 집에서 만들 수는 없을 듯합니다. 시간과 정성이 필요한 이런 계절 행사는 기다리는 맛, 숙성하는 즐거움을 알려 주는 것 같습니다. 미생물이 가져올 작용을 조용히 기다리며 자연과 함께 살아간다는 감각을 익힐 수도 있지요. 그리고 무엇보다 맛있는 행복이 기다리고 있습니다. 올해 우리 집 손맛은 과연 어떨지. 1년 후가 몹시 기다려집니다.

2022년 2월

추신:

평온하게 보낸 2월이었지만 세상은 다시 불온한 기운이 감돌고 있습니다. 팬데믹에 이어 전 지구적으로 심각해지는 자연재해, 그리고 러시아의 우크라이나 침공까지. 그렇지 않아도 힘든 시기에 왜 그토록 서로 더 큰 상처를 주지 못해 안달인지, 매일 들려오는 뉴스에 가슴이 아픕니다. 온 세상이 크게 변화하는 시대에 살고 있다고 여러 면에서 느끼고 있습니다. 마음이 편치 못한 날들이 이어지고 있지만, 그럴 때일수록 침착하고 건강하게 일상을 살아 내야겠지요.

슬슬 봄기운을 충전하고 기분만이라도 내고 싶은 마음에 밝은색 꽃을 사고 컬러풀한 옷을 입어 보기도 했습니다. 서울의 봄은 어떤 모습인가요?

경계에서 얕고 넓게

하나

우크라이나 전쟁이 발발했습니다. 전쟁이 이렇게 쉽게 시작될 수 있다는 사실이 놀랍더군요. 군림하는 자의 독선으로 수많은 사람의 일상이 무너지고 목숨을 잃고 있다는 게 슬프고 화가 납니다. 어쩌면 지금까지 일어난 모든 전쟁이 그랬을까요? 나에게 전쟁은 역사책에서나 보고 '배우던' 것이었는데, 나와 비슷했을 누군가는 하루아침에 '겪고 있는' 일이 된 겁니다. 결국 가장 고통받는 이들은 평범한 사람들. 살던 곳을 떠나 이 나라 저 나라로 국경을 넘고 가족과 헤어져야 하는 사람들의 심정을 나는 감히 짐작도 하기 어려워요. 한국도 휴전 국가라는 사실을 떠올리면 전쟁이란 게 가까이 느껴져서 등골이 오싹해집니다. 수시로 들려오는 피해 소식에 눈과 귀를 닫고 싶을 때도 많지만, 우리가 할 수 있는 건 외면하지 않고 기억하는 일이겠지요. 일부러 챙겨보며 사실과 진실을 알아 가야 합니다. 똑같은 일이 반복되지 않도록.

턱밑까지 찾아온 코로나로 정신없었던 나와는 달리 마키는 연말연시를 아주 알차게 보냈네요. 한국 된장과 일본 된장은 만드는 방법도 모양도 참 다른 듯합니다. 한국 집된장은 일부러 콩 알갱이를 남기기도 하거든요. 장의 원료인 메주를 만들어 건조하는 과정도 필요합니다. 이렇게 말하지만 나는 된장은 물론이고 김치도 담가 본 적이 없답니다.

아, 생각해 보니 몇 년 전 마키에게 누카즈케(일본식 야채 절임) 재료를 부탁해 만들어 본 적이 있네요.

매일 뒤집어 주는 정성이 필요한 일이라 나는 결국 실패했지만.

우리 집은 몇 년 전만 해도 할머니께서 고추장과 된장을 담가 주셨어요. 김치냉장고 한편에 늘 할머니의 장들이 자리하고 있었죠. 그런데 어느 날 엄마가 김치냉장고에서 통 하나를 꺼내더니 "할머니 고추장은 이제 이게 마지막이야." 하더라고요. 그 말을 듣는 순간 '지금까지 할머니의 맛있는 고추장을 당연하게도 먹고 있었구나' 하는 감사함과 '이제 할머니의 장은 먹지 못하겠구나. 건강하실 때 장 담그는 법을 배워 두었어야 했는데' 하는 아쉬움이 동시에 밀려왔습니다. 할머니의 장맛이 이제는 기억 속에만 존재할 거라는 게 슬퍼요. 한국도 집마다 장맛과 김치 맛이 다 다릅니다. 어렸을 때부터 먹어 온 그 맛이 바로 엄마의 손맛이죠. 그런데 요즘은 번거롭고 손이 많이 가는 음식들을 직접 만들어 먹는 사람이 드물어요. 이러다가는 곧 다가올 어느 세대가 기억할 손맛은 식품 회사가 창조한 맛이 될 것 같습니다.

바쁜 사회에 살며 쉽고 간편하게 먹을 수 있는 것들에 먼저 손이 가는 것은 자연스러운 일이죠. 그렇게 확보한 시간으로 더 분주하게 살아가는 것 같기도 하지만. 과거에는 가정에서 벌어졌던 일상적 생활 방식이 지금은 특별한 경험으로 여겨지기도 합니다. 앞으로는 집마다 가진 고유의 맛이 점점 더 희미해질 테니 그걸 배우고 전하고 지키는 일이 훨씬 중요해질 겁니다.

참, 한국에는 원풍경이라는 말이 없습니다. 나도 번역 작업을 하다 이 말을 처음 접했어요. 그 뜻이 좋아서 오랫동안 마음에 품고 있었는데 마키의 편지 덕분에 재차 떠올렸습니다. 그런데 나는 아무리 생각해도 어린 시절의 원풍경이 잘 떠오르지 않습니다. 어린 시절 풍경에서 그리워할 만한 모습이 없는 건가. 혹시 일부러 지워 버린 기억에 원풍경도 섞여 있는 걸까.

오래전 이런 말을 들었습니다. 지우고 싶은 기억을 머릿속에서 지우개로 지우는 상상을 하다 보면 정말로 지워진다고. 당시 내 머릿속에는 온통 지우고 싶은 기억들뿐이었어요. 그래서 실제로 해 보았더니 꽤나 효과가 있었습니다. 우울하고 어두운 어린 시절부터 너무 창피해 밤마다 이불 킥을 했던 일들, 더 이상 떠올리기 싫은 괴로운 기억까지 모조리 지웠어요. 한 가지 부작용이라면 지우개로 힘주어 지우다 보면 다른 좋았던 기억까지도 지워질 수 있다는 겁니다. 그래서 나는 어린 시절의 기억이 거의 남아 있지 않아요.

머릿속 지우개로 벅벅 지웠어도 흐릿하게 남아 있는 기억이 다행히 몇 개 있습니다. 당시에는 귀했던 바나나를(이렇게 말하니 엄청 옛날 사람 같군요) 엄마가 하나 구해 와서 우리 삼 남매에게 삼등분해 나누어 주었던 일(정말 오래전 일인데 슬쩍 풋내 나던 바나나의 맛까지도 생생합니다), 어느 뜨거운 여름날 신호등이 바뀌기를 기다리면서 엄마 등 뒤의 그림자에 숨어 햇빛을 피했던 기억. 지금은 우리 모두 훌쩍 자라 엄마보다 키가 커 버렸지만, 그때는 엄마 뒤에 키 순서대로 쭈르륵 다 숨을 수 있었습니다. 어쩌면 이 장면들이 내 안에 남은 원풍경일 수 있겠습니다.

사람의 수만큼 원풍경이 있다는데, 어쩌면 사람들 모두 살아 있는 동안 원풍경을 찾는 여정 속에 있는 것 아닐까요? 삶의 마지막 순간에 떠올릴 원풍경은 어렸을 때의 것일 수도, 바로 며칠 전 풍경이 될 수도 있겠죠. 앞으로 어떤 풍경을 만나 원풍경으로 삼게 될지. 나는 역마살이 세고 욕심꾸러기라서 하나의 원풍경으로는 만족하지 못할 것 같습니다.

얼마 전 시작한 글쓰기 수업이 벌써 끝났습니다. 생전 처음 들어 본 글쓰기 수업이었어요. 주제에 맞춰 쓴 글을 수업 시간에 선생님, 문우들과 함께 합평하며 고쳐 나갔습니다. 나는 편집과 번역을 하며 매일 글을 만지는 사람인데도 내 글을 쓰는 게 참 어려워요. 편집과 번역은 원문이 있으니 거기서부터 생각하면 되는데 내 글은 내 안을 헤집어서 처음부터 써 내려가야 하니 매번 마음에 차지 않는 글을 보내 놓고 쥐구멍으로 들어가고 싶었습니다. 편집자나 번역가가 유려한 글솜씨로 자신의 이야기를 풀어내는 것을 보면 대단하고 부러워서 절로 존경하는 마음이 생깁니다.

글쓰기 수업을 마치고 한동안 내가 쓴 글과 합평에서 들은 이야기를 곰곰이 생각했어요. 그러면서 나는 경계에 있는 사람이라는 것을 깨달았습니다. 중심에 있고 싶은 마음과 중심에 있고 싶지 않은 마음이 언제나 복잡하게 얽혀 있고, 원문과 번역문의 경계에 서서 계속 줄다리기를 하고 있으며, 서울과 도쿄 언저리를 맴돌고, 어느 한쪽을 깊게 파고들기보다 넓고 얕게 들여다보는 사람. 그래서인지 내 글은 주로 관찰자의 시선으로 전개되곤 해서 그걸 읽은 사람들은 나를 더 드러내야 한다고 느꼈던 것 같아요. 나는 조금 놀랐습니다. 엄청 솔직히 썼다고 생각했는데 그게 아니었어?

하지만 경계에서 서성이는 게 나쁜 건 아닐 거예요. 적어도 내가 하는 번역이나 편집에서는. 모든 분야를 세세히 알지는 못해도, 얕게라도 접하고 배우려 하다 보니 어떤 분야의 작업이 들어와도 걱정보다는 호기심이 발동하는 것 같습니다. 어쩌면 경계에서 바라보는 자의 이점이 있을지도 모르죠. 얕은 시냇물에서 바닥에 깔린 돌멩이와 물 속을 헤엄치는 물고기의 모습이 더 잘 보이듯이. 그렇더라도 깊이 없음은 내 콤플렉스입니다. 가끔 깊은 사고를 하는 사람들을 만나면 주눅이 들고 의기소침해져요. 그때마다 기분이 바닥까지 내려가고 자격지심에 휘말리지만 그렇다고 나를 바꿀 순 없으니 사람은 저마다 다르다, 깊이가 좀 없으면 또 어떤가 하면서 다독입니다. 어이없는 자기 합리화이지만, 그런 생각이 나를 긍정적으로 만들어 준다면 나름대로 괜찮은 거라고 생각합니다.

겨울부터 준비했던 갈매기 자매 웹사이트에 드디어 첫 번째 글이 올라갔습니다. 이게 모두 '도쿄아트북페어'에서 비롯된 일이죠. 언젠가 가 보았던 도쿄아트북페어를 떠올리고는 갈매기 자매로 참가해 볼까 싶었는데, 마키도 같은 생각을 하고 있어서 놀랐습니다. 북페어 참가를 위해 웹사이트도 개설하고(1년에 10만 원 내면 이용 가능한 웹사이트를 냅다 구매했지요) 잡지도 만들어 보기로 했으니 부지런히 준비해 봐야겠습니다. 서울과 도쿄를 잇는 콘텐츠로 두 도시의 장소들을 소개하는 것이 최선일까 고민도 많았지만, 우리가 좋아하는 곳이라면 조금 다를 수도 있겠다 싶더군요. 물론 우리 취향으로 치우친 콘텐츠가 되겠지만. 그나저나 계획대로라면 기사를 많이 써야 할 것 같은데 걱정입니다. 나는 원고 하나를 일주일씩 쓸 정도로 느린데, 괜찮을까요?

2022년 4월

추신:

나는 겨울을 좋아하지만 계절의 경계도 좋아합니다. 역시 경계인답군요. 지금이 바로 겨울과 봄 사이에 있는 경계의 계절. 예전에는 이 시기가 되면 나른해져서 봄이 오는 게 달갑지 않았어요. 그런데 언젠가부터 겨울과 봄 사이에만 만날 수 있는 풍경들이 눈에 들어오기 시작했습니다. 이렇게 따지면 나는 1년을 여덟 계절로 살고 있는 걸지도 모르겠네요. 계절 부자, 좋은데?
경계의 계절을 유심히 관찰할 수 있는 곳이 바로 공원이죠. 요즘은 사무실 근처에 있는 경의선책거리 공원에 자주 갑니다. 햇살이 따뜻한 날은 공원 여기저기에서 고양이들이 광합성을 하며 누워 있고 나뭇가지에는 꽃망울과 새싹이 방울방울 맺혀 있습니다. 이 시기에만 볼 수 있는 '애쓰는 풍경'이죠. 연한 잎을 내고 작은 꽃을 피우기 위해 부드러운 봄볕을 마음껏 흡수하면서 그 껍질 안에서 힘쓰고 있는 게 느껴집니다.
그나저나 서울의 공원들은 왜 언덕 위에 있는 걸까요. 얼마 전 오랜만에 낙산공원에 갔는데 언덕길 중간에서 포기하고 돌아갈 뻔했습니다. 그러다가 전에는 보지 못한 곳을 발견했어요. 노란색 어린이집이 있는 언덕이었습니다. 힘들어서 정신 줄을 놓을 것 같은 때 뿅 하고 나타났죠. 어린이집 옆에는 적목련과 벚꽃, 개나리와 연둣빛 나무들이 가득했습니다. 주위가 온통 봄 색깔로 빛났어요. 어딘가 환상적인 느낌마저 들어서 마치 색색의 터널을 지나 동화 속으로 들어가는 기분이었습니다. "일요일의 공원 오후에는, 영원보다 길게 느껴지는 한순간이 있다."라는 시구*처럼 이곳만 시간이 아주 느리게 흐르는 것 같았습니다.
봄의 초입에 만난 공원의 사진을 보냅니다. 도쿄는 울창한 숲 같은 공원이 많지요. 마키도 자주 가는 공원이 있나요?

---

* 시집 『심호흡의 필요』(시와서, 2020)에 수록된 오사다 히로시의 시 「공원」의 마지막 구절

낙산공원

열네 번째 편지

익숙한 것 익숙하지 않은 것

마키

서울의 봄 풍경과 사랑스러운 고양이 사진 덕분에 언니가 보낸 봄날 한때를 나도 함께 보내는 듯한 느낌이었어요. 갈매기 자매 웹사이트 기획을 겸해서 나도 요즘 여러 공원을 걷고 있습니다. 근처의 작은 공원들을 시작으로 자연교육원과 도심의 오아시스인 요요기 공원, 벚꽃 명소 이노카시라 공원까지. 마침 벚꽃의 계절이기도 해서 수많은 사람이 벚꽃 핀 공원을 찾았습니다. 나는 벚꽃 사진을 찍으려고 열심인 사람들을 몰래 바라보는 걸 좋아합니다. 지금은 비록 마스크를 하고 있지만, 그때만큼은 모두 행복한 얼굴이 되거든요. 봄이 와서 다들 기쁜가 봅니다.

그런데 일본 사람은 왜 이렇게 벚꽃을 좋아할까요? 벚꽃이 피기 시작하면 다들 기분이 들뜨곤 합니다. 사실 나는 벚꽃을 별로 좋아하지 않았는데 코로나 이후로는 마음이 변했습니다. 모두가 침울할 때 힘차게 봄 소식을 알리는 벚꽃을 보니 고마운 마음이 들더라고요. 나무 아래 자리를 깔고 다 함께 즐기는 꽃놀이는 아직 무리지만 올해도 벚꽃을 보러 온 사람들이 많이 모였습니다. 봄의 신록도 참 좋지요. 주말 아침에 자전거를 타고 길게 늘어선 나무들의 초록 잎 사이를 달리면 확실히 기분이 좋아집니다. 특히 봄에 심호흡을 하면 계속 살아갈 힘이 솟아나는 기분인데 언니도 느껴 본 적 있나요?

얼마 전에는 봄맞이 옷장 정리를 했습니다. 분명 체형은 변하지 않았는데 작년에 입었던 옷이 잘 어울리지 않아서 매년 입는 옷이 달라지는 듯합니다. 30대 후반이 되면서 분위기가 바뀐 것인지. 얼굴 주름이나 기미도 부쩍 신경 쓰이는 걸 보면 역시 나이의 문제일까요? 팬데믹이 시작된 이후로 곤도 마리에 씨의 정리 방법을 따라 설레지 않는 옷들과는 철저하게 이별하고 있었는데, 그 과정에서 살아남은 옷들도 어울리지 않다니 힘이 빠집니다. 옷 정리를 하며 올해도 입고 싶은 옷을 침대 위에 늘어놓아 보니 넉넉한 사이즈의 유니섹스 옷들뿐이었어요. 청바지, 하얀색 니트와 티셔츠, 기본 컬러의 트레이닝복과 카디건, 하늘색과 초록색 셔츠, 검은색 바지, 베이지 마운틴 점퍼와 카키색 누빔 코트. 전부 다 심플하고 장식이 거의 없는 캐주얼웨어죠. 유행을 타거나 질이 나쁜 옷은 처분한 지 오래입니다.

무얼 입을까? 매일 하는 고민이지만 늘 어렵습니다. 이렇게 옷장을 정리하며 고민할 때면 뭘 입어도 멋이 나는 사람들이 부러워지곤 합니다. 하지만 침대 위 옷들에서 드러나듯 나의 패션 취향은 확실합니다. 다른 사람이 잘 어울린다고 말해 줘도 스스로 위화감을 느낀다면 절대 입지 않아요. 《생활의 수첩(暮しの手帖)》이라는 잡지를 만든 하나모리 야스지는 "어떤 옷을 입어도 괜찮습니다. 그것이 자유로운 시민이니까요."라고 했습니다. 멋있는 누군가가 입은 옷이 아니라 나에게 잘 맞고 편한 옷을 입으면 되는 것이겠지요.

올겨울에 입었던 코트도 그랬습니다. 카키색 누빔 코트는 벌써 7년 가까이 입고 있는 것인데, 패션에 문외한이라 자세히 설명할 수는 없지만 그 옷은 어떤 나라의 군용 누빔 점퍼입니다. 우연히 빈티지 숍에서 발견한 것으로 팔을 떼면 봄가을에도 입을 수 있고 사이즈도 적당하며 무엇보다 소재가 튼튼합니다. 흙이나 기름이 묻어도 박박 문질러서 빨고 찢어지면 수선해 가면서 입었습니다. 그러다 이제는 조금 넣어 두어야겠다 생각하고 지난겨울에 새로운 코트를 마련했어요. 그런데 봄이 되어 추위도 어느 정도 누그러진 요즘, 옷장에 잠들어 있는 누빔 코트와 눈이 딱 마주친 거예요. 오랜만에 입어 보니 이제야 내 옷을 되찾은 듯한 느낌이 들었습니다. 마음이 맞는 파트너와 재회한 것처럼 안심이 되었어요. 그리고 무엇보다 여전히 잘 어울리더라고요. 이 코트만은 10년 후에도 입을 수 있을 것 같습니다. 그래서 올봄에도 유행과 상관없이 누빔 코트를 입고 다녔어요.

생각해 보면 어릴 때부터 다양한 스타일의 옷을 입어 왔습니다. 수수께끼 같은 개성을 추구하던 시절도 있었지요. 대학 때는 빈티지 의류에 한창 빠져 있었고 음악의 영향으로 록 스타일을 입기도 했습니다. 이십 대가 되어서는 케이팝을 동경해 미니스커트에 굽이 높은 신발을 신고는 했어요. 눈 가리고 숨고 싶은 흑역사가 될 줄은 그땐 몰랐습니다. 물론 그런 패션이 잘 어울리는 사람도 있지만 나에게는 전혀 아니었던 것이죠. 나를 찾겠다는 명목으로 이런저런 실험을 해 본 걸로 생각하는 편이 낫겠습니다. 그런 우여곡절을 거쳐 지금의 편안한 스타일에 안착했습니다. 지금 입는 옷들은 나에게 잘 어울려 마음에 들어요. 언니는 언제나 모노톤의 옷을 입잖아요. 잘 어울린다고 생각하지만 혹시 특별한 이유가 있는 것인지 궁금합니다.

나에게 잘 맞는다는 감각은 나에게 잘 맞지 않는 것을 경험한 뒤에야 알게 되는 것 같습니다. 최근에 친구와 함께 SNS에서 인기 있는 카페에 갔는데, 그곳에 들어선 순간 이곳은 나와 맞지 않는다는 느낌이 왔어요. 매장 안의 손님 모두 귀엽고 공간도 멋지고 디저트도 예쁘고 맛있었습니다. 그러니까 카페의 문제가 아니라 단지 나에게만 불편한 곳이었던 거예요. 반면 거리를 걷다가 우연히 들어간 카페인데 왠지 모르게 마음이 편한 장소가 있습니다. 언니와 내가 좋아하는 킷사텐 '커피의 집 두'가 그렇지요. 오랫동안 사용한 카운터 테이블과 고상한 멋이 있는 커피잔들, 좋은 음악과 조용조용한 말소리, 담배 연기와 커피콩의 좋은 향기가 감도는 공간. 마스터와 손님 사이의 거리감도 적당하고요. 그곳에서 저마다의 시간을 보내는 사람들 틈에 섞여 조용히 책을 읽거나 생각에 잠겨 있으면 나도 그 가게만의 리듬의 일부가 된 느낌입니다. 그런 순간이 묘하게 행복하더라고요. 만약 좀 더 어린 나이에 이곳에 왔다면 이 정도로 편안한 기분을 느끼지는 못했을 겁니다.

한 살 한 살 나이를 먹어 갈수록 자연스럽게 찾아오는 변화들이 있습니다. 옷도 생활도 인간관계도, 살아가는 방식과 사는 장소도 모두 그런 변화의 연장선에 놓여 있을지도 모르겠습니다. 인생은 나에게 잘 맞는 것들을 통해 계속해서 내가 어떤 사람인지 알아 가는 과정 같습니다. 거울에 비친 모습을 자꾸만 확인하듯이 말이에요.

2022년 4월

추신:

매일 우크라이나 전쟁 소식이 들려와 마음 아픈 요즘입니다. 먼 나라의 일이 아니라 어쩌면 내일 나에게 벌어질 수도 있는 일이라는 생각이 듭니다. 그래서 불안에 휩싸일 때도 있습니다. 며칠 전 심야에 TV를 보다가 〈사마에게(For Sama)〉라는 다큐멘터리 영화에 깊이 빠져들었어요. 시리아 분쟁의 격전지인 알레포에 살면서 저널리스트를 꿈꾸는 대학생 와드 알-카텝이 스마트폰으로 촬영한 영상으로, 그곳 사람들이 실제로 경험하는 전쟁이 생생하게 담겨 있었습니다. 감독이자 주인공은 점점 더 심각해지는 전쟁 중에 연애를 하고 결혼해서 딸을 낳습니다. 그리고 딸이 점점 성장해 가는 걸 보여 주죠. 영화의 처음부터 끝까지 폭격음이 들려오는데 그때마다 심장이 조였습니다. 폭력과 파괴의 현장, 목숨을 잃는 사람과 탈출하는 사람, 남아서 생활을 이어 가는 사람. 모든 것이 두려울 정도로 현실이었습니다.
시리아 분쟁에 대해 아무것도 몰랐던 나 자신이 부끄러워졌습니다. 동시에 이번 우크라이나 사태로 갑자기 동요하는 내 모습에 무안을 느끼며 냉정을 찾았습니다. 언제나 무지와 무관심이 가장 손쉽고 부끄러운 일이죠.
영화를 본 다음 날, 적은 금액이었지만 난민 지원을 하는 곳에 기부를 했습니다. 얼마나 도움이 될지는 모르겠지만 언니 말대로 우리가 할 수 있는 건 지켜보며 마음을 기울이는 일이겠지요. 그리고 분위기에 휩쓸려 처져 있기보다는 (당사자들에게 가장 실례되는 일일 거예요) 지금 여기서 내가 할 수 있는 일을 찾아서 실행해야 할 겁니다. 작은 일이라도 말이에요.

이노카시라 공원

바로 이 카키색 누빔 코트!

이유를 찾고 받아들인다는 것

얼마 전 조카가 다니는 유치원에서 운동회가 열렸습니다. 조카는 코로나19가 시작된 해에 유치원에 들어갔으니 인생에서 처음으로 경험하는 운동회였어요. 비록 마스크를 써야 했지만 졸업 전에 그 나이 또래가 마땅히 경험해야 할 추억을 만들 수 있어 다행이었습니다.

운동회 전부터 조카를 만날 때마다 "오늘도 유치원에서 운동회 연습했어?" 하고 자주 물었는데, 어쩌면 내가 더 들떠 있었던 모양입니다. 정작 학교 다닐 때는 운동회 같은 행사를 좋아하지 않아 늘 도망 다녔으면서. 근데 나만 그런 게 아니었던 것 같아요. 운동회 날 넓은 운동장에 청팀, 백팀으로 나뉜 아이들과 부모가 경기에 집중하는 모습을 구경해 보니 확실히 어른들이 더 들떠 보였습니다. 대낮에 마음껏 햇살을 받으며 뛰고 웃고 하는 일이 오랜만이라 그랬겠지요. 어른 아이 할 것 없이 모두 힘든 시기를 잘 참고 지나왔구나 싶어서 찡했습니다. 사진 속 우리는 모두 마스크를 쓰고 있지만 그 아래로 보이지 않는 함박웃음을 지었던 기억이 특별하게 남을 것 같습니다.

점점 여름으로 향하고 있는 늦봄의 날들. 다시 빨간 벽돌 담장에 핀 빨간 장미의 계절이 돌아왔고 또 흘러가고 있습니다. 그런데 마키의 편지 덕분에 잠시 봄으로 돌아가 도쿄의 낮과 밤 그리고 벚꽃을 떠올렸어요. 한국 사람들도 일본인 못지않게 벚꽃을 좋아합니다. 목련이 지고 개나리가 만개하면서 벚꽃이 피기 시작하면 모두의 달뜬 마음이 스치는 눈빛에서도 느껴집니다. 마침내 꽃놀이 시즌

이 도래하면 벚꽃을 올려다보는 사람들 얼굴에 벚꽃 그늘만 아른거립니다.

불과 몇 년 전만 해도 나는 봄을 좋아하지 않았어요. 점점 따뜻해지는 날씨에 몸도 나른해지면 내 몸이 내 것이 아닌 듯해 기분이 별로였거든요. 활짝 핀 꽃에서 오히려 끝이 보여 기분이 가라앉기도 했습니다. 그런데 언젠가부터 봄은 원래 이런 계절이야, 하고 받아들이고 즐기게 되었어요. 나이의 영향도 있을 겁니다. 호불호가 명확했던 이십 대를 지나 지금은 싫어하던 것도 어디 한번 다시 볼까, 싶은 마음이 들고 좋아하던 건 더 좋아지곤 하니까요. 어쩌면 좋고 싫음을 판단하는 기준에 마키가 말한 '나와 잘 맞는가' 항목이 더해진 것 같기도 합니다.

싫어하는 것에 구체적인 이유를 대지 못한 적이 많았습니다. 그런데 그렇게 무턱대고 싫어하는 일이 어느 순간 찝찝해졌어요. 싫어한다는 감정 위에 물음표가 가득 떠 있는 것 같았죠. 그래서 이유를 찾기 시작했습니다. 물론 직감적으로 싫다고 느끼는 경우도 있습니다. 어느 정도 쌓인 삶의 경험치가 '이건 나와 맞지 않아' 하고 알려 주나 봅니다.

일본어에 '食わず嫌い(구와즈기라이)'라는 말이 있죠. 먹어 보지 않고, 해 보지 않고 싫어한다는 뜻. 나에게는 그런 것이 무수히 많습니다. 특히 음식이 많은데 그중에서도 자두가 그랬어요. 자두가 싫은데 왜 싫은지 생각해 본 적은 없었습니다. 겨우 자두? 싶을 수 있겠지만 싫어

하는 것을 마주하는 일에는 크건 작건 용기가 필요합니다. 그렇게 내 손으로 처음 자두를 사서 먹어 보았어요. 그리고 이유를 찾았습니다. 식감도 취향이 아니었지만 한 입 베어 물었을 때 껍질의 신맛, 그 이후 찾아오는 단맛, 다시 자두 씨 쪽의 신맛. 그런 식으로 이어지는 맛의 그러데이션을 좋아하지 않는 거였어요. 마키 덕분에 먹었던 들깨칼국수도 그렇고, 이제 내가 싫어하는 맛이 무엇인지 정확히 알게 되었습니다.

내게 꼭 맞는 옷을 찾듯이 인생은 자신에게 잘 맞는 것을 찾아가는 일이라는 마키의 말에 공감합니다. 다만 잘 맞는다는 이유로 같은 것에만 머물러 있기보다는 새롭게 잘 맞는 것을 계속해서 더해 가는 편이 재미있겠지요.

무채색을 즐겨 입는 이유가 단순히 검은색을 좋아하기 때문이라면 맥이 빠질까요. 전신에 검은색 옷을 입었을 때 내 모습이 가장 안정되고 나다워 보입니다. 가끔 다른 색을 입으면 어색해서 집에 빨리 가고 싶어지곤 하죠.

나도 마키에 지지 않을 만큼 다양한 패션을 거쳐 왔습니다. 레이스와 리본이 달린 공주풍 옷을 입고 다닌 적도 있고(상상이 되나요?), 힙합 스타일로 청바지를 질질 끌고 다닌 적도 있으며(이것도 상상이 될지), 또 언젠가는 완벽한 집시 스타일을 하고 다녔고(이건 어떤 면에서는 지금도), 한때는 영화 〈나나〉를 보고 나카시마 미카의 펑크 스타일에 반해 스모키 화장을 하고 가죽 재킷을 입고 다니기도(도쿄에서 지낼 때 주로 이 차림이었죠), 그와 완전히 다르게 무인양품 스타일로 입기도 했으니까(이건 아르바이트 때문이기도 해요).

그렇게 밥 먹듯이 스타일을 바꾸던 내게 팬데믹 동안 교복이 생겼습니다. 그렇다고 진짜 교복은 아니고 매일 같은 옷만 입고 다닐 수 있게 되었다는 뜻이에요. 과거에는 일주일에 같은 옷을 절대 두 번 입지 않는 사람이었다면 이제는 검정 티셔츠에 넉넉한 청바지, 가끔 긴 셔츠를 걸치는 정도로 편하게 입습니다. 옷을 언제 샀는지 기억이 안 날 정도예요. 이처럼 옷이란 건 그때의 마음이나 상황에 좌우되는 물건 같습니다. 세상은 연령대에 맞는 옷차림을 정해 두고 선을 긋지만, 거기에 연연하고 싶지 않아요. 우리는 자유로운 시민이니까.

카페 고잉홈 이야기를 한 적 있지요? 그곳이 지금 나에게 가장 편안하고 잘 맞는 공간입니다. 작년 7월에 오픈했으니 곧 1년이 되네요. 한곳의 사계절을 모두 경험하며 꾸준히 방문한 건 이곳이 처음입니다. 빨간 벽돌 아치 안에 자리한 카페에 들어서면 사장님의 반기는 목소리에 일단 안심합니다. 그리고 매번 다른 잔에 담겨 나오는 커피와 맛있는 디저트를 먹으면 제대로 휴식을 취하고 있다는 느낌이 들어요. 이곳에서는 메모를 끄적대거나 책을 읽거나 멍하게 있을 때가 많은데 그 시간이 온전히 내 것으로 느껴져서 절대로 허투루 쓴다는 생각이 들지 않습니다. 카페 고잉홈의 SNS 계정에 들어가면 '기댈 곳 하나 보태는 마음'이라는 문구가 적혀 있습니다. 그 말이 딱 맞아요.

카페 고잉홈은 지금 나에게 기댈 곳이자 마음 둘 곳입니다. 내 인생의 첫 단골 가게.

날씨가 벌써부터 무더워 결국 방에 창문형 에어컨을 설치했습니다(기후 위기를 생각하면 그냥 버텼어야 했는데). 덕분에 창문이 3분의 1밖에 열리지 않게 되었죠. 올여름은 에어컨값을 벌기 위해서라도 열심히 일해야 할 것 같습니다.

일본은 한국보다 여름이 빨리 찾아오는 데다 훨씬 더 후텁지근하죠. 지치지 않고 여름을 보내는 방법이 있을까요? 건강 조심하며 지내요.

2022년 5월

다큐멘터리 영화 〈사마에게〉는 한국에도 소개되어 꽤 화제가 되었습니다. 구독 중인 OTT 서비스에도 올라와 있긴 한데 아직 못 보고 있어요. 못 보고 있다기보다 볼 용기가 없다는 게 맞겠지만. 내가 사는 곳 저편에서 일어나고 있는 전쟁이라는 현실과 그것을 실제로 누군가 경험하고 있다는 진실을 맞닥트려야 한다는 게 두렵나 봅니다.
한국에는 얼마 전 『전쟁일기: 우크라이나의 눈물』이라는 책이 출간되었어요. 그림책 작가 올가 그레벤니크의 책인데, 우크라이나 전쟁이 시작되고 지하실로 피신해서 지낸 8일간의 기록이 담겨 있습니다. 본래 화려한 색감의 일러스트를 그리는 작가이지만 이 책은 검은 연필로 그린 그림들로 가득합니다. 전쟁이 시작되자마자 아이들과 자신의 팔에 생년월일과 연락처를 적어 두었다는 대목에서 가슴이 먹먹해졌어요.
보통 번역서는 해당 국가에서 나온 책의 판권을 수입해 출간하는 경우가 일반적인데 이 책은 한국의 편집자, 번역가와 우크라이나에 있는 작가가 실시간으로 파일을 주고받으며 만든 것입니다. 그래서 전 세계 최초로 한국에서 출간된 것이라고 해요. 그렇기에 더욱 그곳의 현실이 생생하다 못해 완전한 날것으로 실려 있습니다. 지금 일어나고 있는 일, 지금 누군가 겪고 있는 일, 실시간의 기록들. 일본에도 이 책이 빨리 소개되었으면 좋겠습니다. 누구도 아닌 지금 우리의 이야기니까요.*

* 2022년 9월 2일에 일본에서도 출간되었다.

Home

카페 고잉홈

오래 살다 보면 부끄러운 일도 많아지는 법

마키

우리 집은 지금 여름방학입니다. 얼마 전에는 산악 피서지인 가미고치에서 1박 2일로 캠핑을 하고 왔어요. 큰 배낭에 텐트와 침낭 같은 캠핑 도구를 잔뜩 챙겨서 해가 뜨기 전 도쿄에서 출발해 차로 4시간을 달렸습니다. 산에는 자동차가 들어갈 수 없어서 주차장에 차를 세우고 버스로 갈아타 산길을 30분 정도 더 올라가서야 겨우 가미고치에 도착했습니다.

가미고치는 믿기 어려울 정도로 아름다운 곳입니다. 파란 하늘 아래 펼쳐지는 산맥과 숲, 투명한 에메랄드그린의 수변. 계절과 관계없이 최고의 공간이자 내가 늘 동경하는 장소죠. 이번에는 안타깝게도 날씨가 좋지 않은 데다가 휴가철이어서 사람도 많았습니다. 그래도 맑은 물에서 놀다가 커피를 내리며 멍하니 산을 바라보는 유유자적한 시간을 보냈습니다. 옆 텐트에는 솔로 캠퍼분이 있었는데 이곳을 베이스캠프 삼아 눈앞에 펼쳐진 3000미터급 산에 올라가 보려고 한다더군요. "어제는 산 정상 부근까지 갔는데 궂은 날씨 탓에 아무것도 보이지 않아 그냥 내려왔습니다. 내일은 정상까지 갈 수 있으면 좋겠네요." 어둑어둑해지는 산을 응시하며 말하는 그분의 모습을 뒤에서 바라보는데 나에게는 불가능한 일이라는 생각이 들어 부러웠습니다. 산 정상에서 보이는 경치는 얼마나 멋질까요?

시원한 가미고치에 있다가 아랫동네인 도쿄로 돌아오자 질색할 만큼 더웠습니다. 나는 도쿄의 여름을 별로 좋아하지 않아요. 최근에는 동남아시아 같은 기후가 되어 숨만 쉬고 있어도 지칩니다. 그 상태로 내버려 두면 집에서 한 발짝도 나가지 않죠. 언니의 편지를 읽으면서 여름에도 지치지 않고 지내는 방법에 대해 생각해 보았습니다. 따뜻한 음료를 마시는 것도 방법이지만, 무엇보다 마음을 힘들지 않게 하는 것이 중요할 거예요. 그러기 위해서는 여름을 실컷 즐겨야 합니다. 산도 바다도 햇볕도 좋아하지 않는 집순이였던 내가 지금은 꽤 활동적이 되었습니다. 아들에게 여름 추억을 만들어 주어야겠다고 생각하자 역시 집에만 있을 순 없겠더라고요. 산에 가서 캠핑을 하거나 시골에서 해수욕도 하고 밭일도 하면서 여기저기 돌아다니면 며칠은 아무것도 할 수 없을 정도로 체력이 떨어지기도 하지만 오히려 마음은 여름을 만끽했다는 만족감으로 건강해지는 느낌이 듭니다.

이렇게 열심히 돌아다닐 때면 늘 마음에 걸리는 게 있습니다. 집에 있는 관엽식물들이요. 팬데믹이 시작되면서 집에 식물이 늘어났습니다. 세어 보니 화분이 30개나 되더라고요. 오랫동안 집을 비울 때는 식물이 말라 죽지 않도록 양동이를 여러 개 준비해 급수 시스템을 만들어야 하는데 그게 또 상당히 힘든 일입니다.

반려식물 가운데 가장 건강한 친구는 만손초입니다. 잎에서 싹이 나와 성장하는 신기한 식물로 정식 명칭은 칼랑코에 핀나타(Kalanchoe pinnata)예요. 'mother leaf' 'miracle leaf'라는 멋진 별명도 가지고 있습니다. 그런데 이 식물이 지금 우리 집에 엄청난 문제를 일으키고 있어요. 만손초는 무한하게 증식하는 식물이거든요.

처음엔 잎이 겨우 세 장이었습니다. 조카가 도쿄에서 남쪽으로 천 킬로미터나 떨어진 섬 오가사와라 제도에서 만손초를 가져와 우리 집에 나누어 주었어요. 물이나 흙 위에 잎을 놓아두기만 해도 싹이 나고 자라서 신기했습니다. 그런데 그렇게 자란 만손초에서 잎이 떨어질 때마다 물에 띄워 싹이 트도록 돌보았더니 집이 어느새 만손초 공장이 된 겁니다. 번식이 멈추지 않았거든요. 새싹이 계속 돋아나더니 점점 굵어지고 길어지면서 튼튼하게 자랐습니다. 남편은 이대로 놔두면 만손초 왕국이 되겠다고, 어떻게 좀 해 보라고 말하지만 만손초의 생명력이 강한 걸 어쩌겠어요.

식물의 생명력은 정말 놀랍습니다. 올해 초에는 아보카도 씨를 발아시켜 볼까 하고 흙에 묻었는데 얼마 안 되어 딱딱한 껍질을 뚫고 새싹이 쑥쑥 자라더니 지금은 키가 30센티미터를 넘겼습니다. 여기에 맛을 들인 남편이 복숭아나 수박을 먹고 남은 씨앗을 심어 뭐든지 발아시키려고 합니다. 대부분 실패했지만 고추는 성공했어요. 슈퍼에서 산 마른 고추 씨앗을 식물 재배용 플랜터에 뿌려 놓았더니 잘 자라서 지금은 고추가 빨갛게 물들기 시작했습니다.

최근 아메리카 원주민 출신의 식물학자 로빈 월 키머러가 쓴 『향모를 땋으며(Braiding Sweetgrass)』라는 책을 읽고 있습니다. 자연과 인간이 어떻게 관계 맺어야 하는지 깊게 통찰한 책입니다. 이 책에 따르면 식물은 동물과 마찬가지로 공통의 언어를 가지고 이야기하는데 오래전 아메리카 원주민들은 그 사실을 잘 알고 있었대요. 숲의 모든 나무는 뿌리에 있는 균사속(菌糸束), 균근(菌根)으로 지하 네트워크를 만들며 땅속에서 연결되어 있다고도 했습니다. 인간의 제한된 능력으로는 감지할 수 없을 뿐이죠. 이 책을 읽고 나서 식물을 보는 눈이 완전히 달라졌습니다. 산속 나무들도 거리의 가로수도 존경하는 마음으로 바라보게 됩니다. 인류와는 다른 지혜를 가지고 진화한 하나의 종족 같습니다. 우리 집에 있는 식물도 어쩌면 내가 모르는 언어로 이야기 나누고 있을지 모르죠. 정말로 그렇다면 재미있을 텐데. 그런 생각을 하면서 오늘도 반려식물들을 열심히 돌보고 있습니다.

참, 언니의 패션 이력 잘 들었습니다. 나도 중학생 때 딱 한 번, 만화 『나나』의 작가로 유명한 야자와 아이의 다른 만화를 좋아하던 시절에 펑크 로리타 같은 모습으로 입은 적이 있었어요. 그걸 본 친구가 "그런 옷은 어디서 샀어?"라고 말해 줘서 번뜩 정신을 차렸습니다. 그 자리에서 바로 벗어 버리고 싶었던 기억이 나네요. 떠올리기만 해도 부끄럽습니다.

부끄럽다는 감각은 아무리 나이를 먹어도 익숙해지지 않죠. 나는 과거의 창피했던 일을 자주 되새김하는 타입이어서 그럴 때마다 소리를 지르고 싶은 충동을 느끼며 안절부절못합니다. 어렸을 때의 일이나 뱉고 나서 후회하는 말, 허영을 부렸던 일, 살면서 누구나 겪을 법해 웃으며 넘길 수 있는 것에서 상처가 깊은 것까지 한번 꺼내기 시작하면 한도 끝도 없습니다. 어쩌면 아무도 신경 쓰지 않는 과거의 일에 나 혼자 민감하게 반응하는 걸까요?

중학생 때 그런 기억을 전부 지우고 싶은 마음에 학교 문집과 앨범을 거의 다 불태운 적도 있습니다. 집에서 일구던 밭 옆에 쓰레기장이 있었는데 거기 몰래 들어가서 조마조마하며 불을 붙였죠. 그러자 부끄럽다고 여기던 것들이 순식간에 불타서 사라지고 하얀 재가 되었습니다.

사실 이 일은 잊고 지내다가 얼마 전 친언니와 이야기하다가 문득 기억이 났어요. "마키의 초등학교 작문, 정말 재미있었어. 엄청 감성적이어서 혼자만 소설을 쓴 듯했다니까." 언니의 말에 내가 어떤 글을 썼는지 궁금해졌습니다. 지금 나에게는 그런 감성이 손톱만큼도 남아 있지 않으니까요. 그런데 찾고 싶어도 남아 있는 것이 없는 거예요.

뭐가 그렇게 태우고 싶을 정도로 부끄러웠을까. 언제나 열등감에 휩싸여서 나라는 존재 자체가 부끄럽고 내 손으로 지울 수 있는 건 모조리 지우고 싶었는지도 모르겠습니다. 하지만 지금 내가 그때의 나를 만난다면 이렇게 이야기해 주고 싶어요. 많은 걸 경험하면서 너는 아주 믿음직스러운 어른으로 자랄 거야. 그러니 태울 것 없이 옷장 깊숙한 곳에 넣어 두면 돼.

불태운다고 해서 부끄럽다고 느끼는 감정까지 사라지지는 않죠. 오히려 부끄러운 과거가 하나 더 추가된 느낌입니다. 장자가 "오래 살수록 좋지 않은 일도 많이 겪는다"라고 말했다지요. 안 좋은 일을 겪지 않는 사람은 이 세상 어디에도 없을 겁니다. 이런저런 경험을 하며 열심히 살아온 만큼 부끄러운 일도 겪는 거라고 생각하면 스스로 조금 칭찬해 주고 싶다는 기분도 듭니다. 이제는 부끄러운 일에 연연하지 않고 밝게 살아가는 사람이 멋지다고 생각합니다. 어떤 일이든 하하하 웃으며 넘길 수 있는 사람이 되고 싶어요.

가미고치에 있을 때 도쿄아트북페어 참가 결정 연락을 받았습니다. 심사 무사통과! 이제부터 잡지 제작으로 바빠지겠네요. 이 말은 드디어 언니가 도쿄에 올 수 있다는 말이기도 합니다. 무척 기뻐요.

2022년 8월

추신:

요즘 어떤 음악을 듣고 있나요? 나는 여름이 되면 언제나 기분을 띄울 수 있는 곡이 듣고 싶어집니다. 케이팝에는 여름에 듣기 좋은 곡이 참 많아요. 하지만 요즘에는 집에만 있다 보니 조용한 음악을 틀어 두거나 스포티파이로 라디오를 듣습니다. 그러면서 조금 거리를 두었던 일본 음악을 다시 접하고 있어요. 새로운 바람을 일으키는 아티스트가 많아 흥미롭습니다. 음악은 시대의 공기를 투영한 결과물이기도 하지요.

그중에서도 우타다 히카루의 〈배드 모드(BADモード)〉를 자주 듣고 있습니다. 나와 같은 세대의 가수로 열다섯 살에 데뷔한 당시부터 그의 곡을 많이 듣고 부르며 자랐습니다. 얼마 전에 새로운 앨범을 냈다는 걸 알고 오랜만에 들어 보았어요. 앨범 재킷에 편한 옷차림을 한 우타다 히카루가 런던 집의 복도 벽에 기대어 카메라를 응시하는 사진이 담겨 있는데, 아들로 보이는 소년이 한쪽 구석에 함께 찍혀 있습니다. 사진에서 유추할 수 있듯 '배드 모드'는 팬데믹 상황에서 제작된 앨범입니다.

나는 타이틀 곡 〈배드 모드〉를 특히 좋아합니다. 이 곡의 가사에 잠옷을 입은 채로 넷플릭스를 보면서 우버로 음식을 시키는 등의 내용이 나오는데 현실을 그대로 반영한 것이죠. 지금보다 상황이 더 나빠지더라도 내가 옆에 있을 거라고 노래하는 부분은 들을 때마다 울컥합니다.

우타다 히카루는 나도 모르는 사이에 두 번의 이혼을 경험

하고 엄마가 되어 있었어요. 셀 수 없을 정도의 기쁨과 슬픔, 상처와 부끄러움을 겪은 뒤 다시 새롭게 우타다 히카루라는 음악을 만들어 내고 있습니다. 같은 시대에 태어나 그의 활동을 지켜볼 수 있다는 것에 감사한 마음이 드는 아티스트입니다. 이 앨범의 〈마르세유 근처 어딘가에서(Somewhere Near Marseilles -マルセイユ辺り-)〉는 여행하고 싶은 기분을 담은 곡이라고 합니다. 이 노래처럼 어딘가에서 언니와 만나기로 약속하고 재회할 날을 기다리고 있어요.

나이 들어 가는 나와 사이좋게 지내는 법

3년 반 만에 도쿄에 왔습니다. 그리고 도쿄아트북페어를 무사히 끝마쳤지요. 피로는 잘 풀고 있나요? 나는 잡지 준비와 북페어 참가까지 그간의 피로가 한꺼번에 몰려왔는지 아침에 일어나기가 힘들어서 오늘 하루를 조금 늦게 시작했습니다. 몸 상태를 보아하니 아무래도 이번 주는 느슨하게 보내야 할 것 같습니다. 이번 여행에서는 내 몸과 자주 의논하며 하루 일정을 정하고 있어요. 도쿄에 오기 한 달 전 결국 코로나19에 걸려 체력이 약해진 탓도 있겠지만 역시 나이는 무시 못 하겠습니다. 이제는 바꿀 때가 된 스마트폰처럼 아무리 100퍼센트로 충전해도 금세 체력이 뚝뚝 떨어지거든요.

나이 들어 가는 몸에 대해 자주 생각하고 있습니다. 요즘 특히 고민인 건 예전의 찰랑찰랑하던 머릿결이 언젠가부터 푸석푸석해졌다는 겁니다. 아침에 일어나면 기름이 번들거리던 얼굴이 지금은 뭐랄까 유분이 사뭇 적당해졌습니다. 이러다 어느 순간 얼굴의 윤기가 쫙 빠지고 주름이 느는 건 아닐까 싶어 기름 부자였던 옛날이 그리워지기도 합니다. 매년 늘어나는 기미를 보면서 가을엔 피부과에 다녀야 할까 싶다가도 자연스럽게 나이 드는 모습을 즐길 수는 없을까 생각도 하죠.

무엇보다 싫은 건 나이가 더해질수록 확실히 용기가 사라진다는 겁니다. 하고 싶은 일이 생겨도 '이 나이에 괜찮을까?' '실패하면 손해가 더 크지 않을까?' 자꾸만 주저하게 됩니다. 그런데 생각해 보면 내가 일본어를 배우기 시작했을 때도, 번역을 시작한 때도 적다고 할 순 없는 나이였어요. 지금 와서 그때를 떠올리면 오히려 참 어렸고 뭐든 할 수 있는 때였다는 생각이 듭니다. 그래서 요즘은 나이 탓을 하며 망설여질 때 10년 후의 내가 무슨 말을 할지 떠올려 봅니다. 그때도 아마 똑같이 말하고 있을 겁니다. "뭐든 할 수 있는 나이네!"

매일 조금씩 더 나이 들고 달라지는 나의 심신과 어떻게 하면 사이좋게 지낼 수 있을지 알아 가는 일이 앞으로의 중요한 과제가 되겠지요. 서글프면서도 한편으론 내가 어떤 할머니가 될지 궁금합니다.

오랜만에 잔잔한 듯 스펙터클하고 열정적인 시간을 보냈습니다. 사실 행사 기간 동안 현실감을 자주 잃었어요. 도쿄에 있다는 사실도, 도쿄아트북페어에 참여하게 된 일도, 우리를 응원해 주는 많은 사람을 만났다는 것도, 행사장에서 보낸 나흘의 시간도 나에게는 모두 꿈같았습니다. 이렇게 다시 사람들이 모이고 만나는 일이 아득하게만 느껴졌으니까요.

나리타 공항에 도착하면 눈물이라도 흘릴 줄 알았는데 생각보다 담담해서 도쿄로 향하는 나리타 익스프레스 안에서 피식 웃음이 났습니다. 도쿄에 도착한 날부터 그동안 도쿄도청이라고 혼자 착각했던 시계탑을 보며 눈을 떴다가 다시 잠드는 일상을 보내고 있습니다. 여행자의 시선과 생활인의 시선이 교차하는 날들.

오랜만의 도쿄는 익숙하면서도 두려울 정도로 낯설어요. 특히 도쿄 어디를 가든 비행기가 보인다는 점이 신기했습니다. 호텔 주변을 산책하다가도, 신주쿠 교엔이나 에비스 가든 플레이스에서도 비행기가 손에 잡힐 듯이 날아다녀 깜짝 놀랐어요. 그때마다 분명 도쿄에 와 있는데도 다시 어딘가로 떠나야 할 것처럼 마음이 설렜습니다. 도쿄 시내에서 비행기가 이렇게 잘 보였던가 의아해져서 마키에게 물어보기까지 했죠.

"원래 도쿄에서 이렇게 비행기가 잘 보였나? 난 왜 기억이 없지?"

"팬데믹 전에 하네다 공항에 비행기를 많이 띄우겠다고 항로를 변경했어. 그래서 지금은 어디에서든 비행기 날아가는 모습이 잘 보여."

복잡한 기분이 들었습니다. 비행기 항로를 바꾸는 게 쉬운 일은 아닐 테죠. 그러니 항로 변경이 실현되었을 때 다들 밝은 미래를 꿈꿨을 겁니다. 그런데 갑작스러운 팬데믹으로 모든 것이 멈추었으니 얼마나 당혹스러웠을까요. 그때는 누구 할 것 없이 모두가 그랬지만, 3년 가까이 되도록 일상이 멈출 거라고는 아무도 생각하지 못했습니다. 다들 어떻게 버텼을까. 그리고 다시 서서히 돌아오고 있는 세상을 보며 무슨 생각을 하고 있을까.

갈매기 자매는 그런 상황에서 서로의 안부를 묻고 작은 즐거움을 찾자는 생각으로 편지를 나누며 시작한 프로젝트였습니다. 어찌 보면 멈추어 있었기에 시작할 수 있었던 일이었어요. 사실 도쿄아트북페어에 참가하게 되었어도 별 기대는 없었습니다. 워낙 조용히 활동해서 우리를 알고 찾아올 분은 거의 없을 테니까. 내년 활동이나 계획하면서 시간을 보내자고 했잖아요. 그런데 그런 말들이 무색하게 많은 분이 와서 깜짝 놀라고 또 감사했습니다. 덕분에 밥 먹을 시간조차 없이 나흘 내내 초콜릿과 피로 회복 젤리로 연명할 정도였죠. 우리가 나누는 이야기가 누군가에게 분명 닿고 있었던 거예요.

특히 기억에 남는 분이 있습니다. 귀여운 뿔테 안경을 쓴 중년의 신사분이었는데 우리 부스를 둘러보고 다른 곳에 가셨다가 다시 돌아와 잡지를 구입하셨어요. 그러고는 이런 말을 남긴 채 쿨하게 떠나셨습니다. "좋은 활동이니 앞으로도 계속해 주세요."

마키는 몰랐겠지만 그 말에 나는 울컥 눈물이 날 뻔했습니다. 내가 하는 일이나 활동에 대해 직접적으로 이런 피드백을 들은 경험이 없었거든요. 가슴이 찡할 정도로 감사했어요. 스스럼없이 응원의 말을 건네는 모습을 보면서 멋진 어른이라는 생각도 했습니다.

그런데 그 어른에게서 마키의 모습이 보였습니다. 나흘간 딱 붙어 지내면서 마키는 누구에게서든 장점을 발견해 칭찬하는 사람이라는 걸 새삼 깨달았거든요.

"지금 입은 옷 정말 멋있어요, 잘 어울립니다." "키홀더가 참 귀엽네요." "제가 좋아하는 킷사텐에서 일하신다고요? 정말 부러워요."

갈매기 자매를 찾아준 분들과 이야기를 나누다 무언가 반짝이는 포인트를 발견하면 진심으로 칭찬을 건네는 마키의 모습이 신선했어요. 10년 넘게 알아 왔지만 처음 본 모습입니다. 마키는 직업상 사람을 많이 만나다 보니 사회생활에 요령이 생긴 거라고 했지만, 자신이 느낀 걸 솔직하게 표현하고 칭찬하는 건 마음의 여유가 없으면 하기 힘든 일이에요. 마키는 언제나 여유로운 사람이라고 느꼈는데, 역시나. 나는 그렇지 못한 사람이라 늘 부러워했다는 거 마키는 알까.

도쿄아트북페어가 끝났으니 본격적으로 도쿄 여행을 시작하려고 합니다. 한 달간의 여행을 준비하며 지금 지내는 호텔을 고른 데는 방에 돌출창이 있다는 게 한몫했습니다. 그것만으로도 이곳에 머물 이유가 충분했죠. 돌출창 선반에 꼭 꽃을 놔두어야지 했는데 며칠 전 드디어 작은 병에 동네 꽃집에서 산 꽃을 꽂아 두었습니다.

나는 사실 꽃집에서 파는 절화를 좋아하지 않았어요. 꽃은 자연에 있을 때 훨씬 아름답다고 생각하는 사람이었죠. 꺾은 꽃을 병에 꽂아 두는 것이 인위적으로 느껴졌습니다. 그랬는데 집에만 있는 시간이 길어지자 너무 답답해져서 집에 꽃을 놔둬 볼까 생각하게 된 겁니다. 시험 삼아 꽂아 둔 꽃이 시야에 들어오면 마음에 밝은 불이 켜지는 듯했고, 그때부터 내 책상에도 식물이 자리하게 되었습니다. 꽃을 꽂는 일은 캄캄한 매일에 길을 잃지 않기 위한 최소한의 몸부림이었습니다. 제약으로만 꽉 차 있던 생활 가운데 조금이나마 나를 지키며 일상을 살 수 있었던 건 이렇게 소소한 것들이 작은 빛이 되어 조금씩 앞을 밝혀 주었기 때문이에요.

지금 내 눈앞에는 보라색 꽃이 놓여 있습니다. 좋아하는 도쿄에서 잘 지내기 위해 실행한 스스로의 작은 미션입니다. 매일 나를 맞아 주는 꽃과 시계탑을 바라보며 지내고 있어요. 기간 한정의 나날이라 매일이 더 아쉽고 소중합니다.

이번 주에는 '커피의 집 두'에 함께 가기로 했지요. 기대감으로 두근두근합니다. 두에는 3년 전 처음 갔으니 이번이 겨우 두 번째지만 첫 방문에도 아늑하고 편안한 곳이었어요. 그러고 보니 두에도 돌출창이 있네요! 자상한 마스터를 만나러, 그리고 맛있는 커피와 크로크무슈를 먹으러 우리 곧 만나요.

2022년 10월

추신:

내 기억 속 우타다 히카루는 데뷔 초기 〈first love〉 〈Automatic〉을 부르던 뮤직비디오의 앳된 모습인데 벌써 엄마가 되었군요. 내년이면 사십 대에 접어든다니 믿기지 않아요.
요즘은 다케우치 마리야의 〈인생의 문(人生の扉)〉이라는 곡을 종종 듣습니다. 제목에서 짐작할 수 있듯 이 곡은 인생과 나이 듦에 대한 노래입니다. 다케우치 마리야가 오십 대가 되었을 때 쓴 곡이라고 해요. 하나씩 하나씩 나이라는 인생의 문을 열 때마다 무게가 느껴지지만 사랑하는 사람들을 위해 살고 싶다고, 인생이란 가치가 있다고 아직도 믿는다고 말하죠. 자신이 거쳐 온 나이와 앞으로 겪을 나이에 대해 가사에 썼는데 사십 대는 사랑스럽다고 했습니다. 〈마르세유 근처 어딘가에서〉 뮤직비디오 속 우타다 히카루 역시 자유로우면서 여전히 사랑스러운 여성의 모습이더군요.
예전에 NHK에서 방영한 다케우치 마리야의 다큐멘터리를 본 적이 있는데, 그때 그가 인생의 색은 일상 속 어느 순간의 색으로 결정되기에 별거 아닌 작은 일도 진지하게 한다고 말했던 게 기억납니다.
이미 사십 대에 접어든 나는 어떤 색깔의 인생을 살고 있을까요? 그리고 지금 내 모습은 사랑스러울까요? 나는 바다색 인생을 산다면 좋겠습니다. 다케우치 마리야의 말처럼 보통날들을 소중히 쌓아 가며 멋있는 오십 대와 인생이 즐거워지는 육십 대, 인생을 알게 되는 칠십 대를 맞이하고 싶습니다. 팔십 대 이상은 지금으로선 도무지 그려지지 않네요.

다케우치 마리야는 몇 년 전 〈PLASTIC LOVE〉라는 곡을 우연히 듣고 알게 되었습니다. 이때 시티팝에도 눈을 떴죠. 시티팝은 1970~80년대에 등장한 도시적이면서도 어딘가 감성적이고 세련된 사운드의 음악을 말합니다. 다케우치 마리야의 노래와 시티팝, 네오 시티팝 위주로 자주 듣는 곡들의 플레이리스트를 모아 보았어요. 도쿄의 밤이 배경인 뮤직비디오도 있어서 영상을 보며 감상하다 보면 괜히 센티멘털해지면서 그리운 기분이 든답니다. 시간 날 때 들어 보세요.

[PLAY LIST]

인생의 문((人生の扉), 다케우치 마리야

플라스틱 러브(PLASTIC LOVE), 다케우치 마리야

도쿄 플래시(東京フラッシュ), 바운디(VAUNDY)

서커스 나이트(サーカスナイト), 나나오 타비토

마루노우치 사디스틱(丸の内サディスティック), 시이나 링고

스이세이(水星), 토푸비츠(tofubeats) feat. 가리야 세이라(Kariya Seira)

긴 대화(長い会話), 유지 나카다

호박색 도시, 상하이 게의 아침(琥珀色の街´上海蟹の朝), 쿠루리

다 필요 없어(もうええわ), 후지이 카제

사랑을 전하고 싶다거나(愛を伝えたいだとか), 아이묭

오늘 밤은 부기백(今夜はブギー・バック), 오자와 켄지 feat. 스차다라파

MUSEUM OF
CONTEMPORARY
ART TOKYO
TA
BF
TOKYO ART
BOOK FAIR 2022
OCT 27 — 30

열여덟 번째 편지

선한 싸움을 하는 것

마키

도쿄의 가을이 점점 깊어져 갑니다. 얼마 전 있었던 개기월식과 천왕성 엄폐를 보았나요? 나는 맨션 옥상에 올라 관찰했습니다. 일본에서 개기월식과 혹성 엄폐를 동시에 관측할 수 있는 건 442년 만으로, 다음은 332년 후에나 볼 수 있다고 합니다. 까만 우주에 홀로 떠 있던 달이 점점 가려지면서 빨갛게 되는 것을 보면서 지금 이 모습을 보고 있는 사람들 가운데 다음번 관측까지 살아 있을 사람은 아무도 없겠구나 하는 생각을 했습니다. 거대한 우주 안에서 내가 작은 존재라는 걸 떠올리면 마음이 편해지곤 해요.

코로나19 상황도 조금씩 나아지고 있다 보니 한국에 가고 싶다는 마음이 솟구칩니다. 슬슬 비행기 티켓을 알아볼까 해요. 일본은 아직 규제가 많아서 개별 여행의 장벽이 높은 느낌이라 주변 사람들을 만날 때마다 빨리 함께 한국 여행을 하고 싶다고 이야기합니다. 모두 목을 길게 빼고 한국에 갈 날만을 기다리고 있어요.

여든을 앞둔 우리 엄마는 아직 한 번도 한국에 가 본 적이 없습니다. 그렇지만 한국 드라마를 좋아해서 배우 이병헌 씨가 드라마 촬영으로 일본에 왔을 때는 촬영지인 아키타에 차를 타고 일부러 찾아가기도 했어요. 언젠가 함께 한국에 가자고 몇 번이나 이야기했지만 그때마다 엄마는 비행기 타기가 싫다면서 거절했습니다. 지금은 허리도 아프고 다리도 굽어서 앉기가 어렵기 때문에 여행은 더 어렵게 되었습니다. 나보다 키도 컸는데 어느새 작아졌지요. 1년에 몇 번밖에 만나지 못하는 엄마가 만날 때마다 더 나이 들어 있는 모습인 걸 보는 건 역시 슬픕니다. 최근에는 아빠도 몸 여기저기가 좋지 않아 수술을 했고, 그래서 엄마가 더 힘들었어요. 어떻게든 엄마의 기분을 바꾸어 주고 싶어서 얼마 전 한국에 함께 가자고 또 넌지시 이야기해 보았는데 엄마의 반응이 의외였습니다.

"엄마, 조금 괜찮아지면 한국에 같이 놀러 가자."

"한국이라면 좋을 것 같아. 비행기를 얼마나 타?"

"갈 때 2시간 반, 올 때 2시간 정도."

"그 정도면 괜찮겠네. 요즘은 무릎 상태도 좋으니까 갈 수 있을 거야."

엄마의 마음에 어떤 변화가 생긴 걸까요. 어쩌면 마음에만 묻어 둔 꿈이었던 걸까요. 생각해 보면 나는 엄마와 제대로 여행해 본 적이 없습니다. 코로나19가 지금보다 안정되면 그때는 꼭 엄마와 한국을 여행하려고 합니다.

도쿄아트북페어가 무사히 끝난 덕에 드디어 어깨의 짐을 좀 덜었습니다. 우리가 참가한 독립출판물 구역에는 특히 자유롭고 개성 있는 창작자가 많이 모여 있어 갈매기 자매처럼 느슨하고 헐렁한 팀이 눈에 들어올까 걱정도 했는데 나흘 동안 즐거운 만남이 끊이지 않았죠. 오프라인에서 새로운 누군가를 만나는 일은 역시 짜릿합니다. 언니가 말한 중년 남성의 "앞으로도 계속해 주세요"라는 말을 나도 잊을 수 없어요. 그 한마디로 모든 걸 다 보상받은 듯한 기분마저 들었습니다. 언니가 울었다면 아마 나도 같이 울었을 겁니다.

북페어 기간을 떠올리면 드디어 끝났다는 안도감과 함께 성취감이 고요하게 차오릅니다. 이런 감각은 정말 오랜만이에요. 모르는 사이 모험을 피하며 무난하게 살고 있었던 것 같거든요. 새로운 일에 과감하게 도전하는 친구를 멀리서 지켜보며 추진력이 대단하다, 나는 저렇게 못할 텐데, 그저 감탄하고 응원하곤 했습니다. 생활의 안정을 늘 최우선으로 삼고 과부하가 걸리지 않도록 요령을 부리며 따분하게 살았어요.

그런데 갈매기 자매 활동을 시작하면서 조금 무리해서라도 도전하고 싶다는 마음이 생겼습니다. 가족과 친구들 모두 응원해 주었고 드디어 꿈을 이루게 되었죠. 1년 전만 해도 이런 일은 상상도 할 수 없었습니다. 무엇보다 믿고 의지할 파트너가 있었기 때문에 가능했던 일입니다. 꿈이나 도전이라는 말이 거창하기도, 조금 간지럽기도 하지만 그 소중함을 이번에 새삼 다시 배웠습니다.

어릴 땐 꿈이 무엇인지 주변에서 자주 물었지만(물론 '장래희망'의 뜻으로 쓰이긴 했지만요) 어른이 되어서는 어느새 아무도 꿈에 관해 묻지 않잖아요. 그래서 어른이 되었는데도 터무니없이 꿈을 이야기하는 건 부끄러운 일이라고 생각했던 것 같습니다. 하지만 어른에게야말로 꿈이 필요합니다. 조금 더 나은 오늘을 살아가기 위한 꿈 말이죠. 희망, 동경, 야심, 마음가짐 같은 것이 막연한 매일에 단단한 원동력이 되어 줍니다.

지금 내 꿈은 세계를 여행하며 다양한 문화와 풍경, 사람을 만나고 싶다는 것입니다. 아이에게도 다양한 세상을 보여 주고 싶습니다. 그러기 위해서는 돈도 시간도 많이 필요할 테니 평생 조금씩 이루어 가야 할 꿈입니다. 아, 엄마와 한국에 가는 것도 큰 꿈. 가고 싶은 콘서트의 가장 좋은 자리에 당첨되면 좋겠다는 바람도 잠시 떠올랐지만, 결국에는 몇 살이 되어도 꿈을 가진 사람으로 살고 싶다고 생각했습니다.

오래전 회사에서 촬영 어시스턴트를 하던 시절, 다양한 업계에서 활약하는 분들을 인터뷰하는 자리에 자주 갔습니다. 그중에서도 한 원로 배우를 촬영했던 날을 잊을 수가 없어요. 70대 중반의 여성이 댁에 마련된 연기 연습실 한가운데 놓인 의자에 앉아 있었는데 그 모습에 기품이 넘쳤죠. 스스럼없이 사람들을 대하는 성격까지 멋있어 보여서 한눈에 반했습니다. 그 배우 옆에서 반사판을 들고 긴장한 채 그의 목소리에 귀를 기울였습니다.

"이 인터뷰가 나에게 중요한 분기점이 될 것 같아요." 그렇게 이야기하는 얼굴이 정말 빛났습니다. 시간이 흘러 이제 그 배우는 아흔이 훌쩍 넘었어요. 하지만 변함없이, 아니 더 아름답게 빛나며 현역에서 활동하고 있습니다. 그 모습을 볼 때마다 나이와 상관없이 꿈을 품고 긍정적으로 살아가자고 마음을 새롭게 다잡곤 합니다. 먼 곳에 있는 동경의 대상이지만 그의 존재만으로도 조용히 용기를 얻고 있습니다.

꿈에 대해 생각할 때 떠오르는 구절이 있습니다. "선한 싸움은 꿈을 위해 벌이는 것이다." 파울로 코엘료의 『순례자』에 나오는 말입니다. 프랑스에서 스페인으로 이어지는 긴 순례길을 걷는 중에 주인공에게는 다양한 시련이 닥치는데, 중요한 것은 승리나 패배가 아니라 인생의 도전과 모험을 받아들이는 일이므로 선한 싸움을 계속해야 한다고, 꿈꾸기를 멈추어서는 안 된다고 반복합니다.

평온한 일상을 유지하는 것도 중요하지만 가끔은 마음 가는 대로 용기를 내 보는 것도 좋겠지요. 그렇게 나에게 꿈이라는 영양분을 가득 공급해 할머니가 되어서도 활기차게 살고 싶습니다. 결코 간단한 일은 아니겠지만 그런 마음을 품고 있는 것만으로 매일이 조금씩 나아지지 않을까요?

언니와 나는 커다란 꿈이나 사명감 같은 건 없는 타입 같습니다. 우리는 늘 무리하지 말고 즐겁게 하자, 몸과 마음을 우선시하자고 말하곤 하잖아요. 그런 점에서 갈매기 자매로 북페어에 나간 것 자체가 우리에게는 큰 도전이었다고 생각합니다. 둘이서 날개를 활짝 펴고 바다 위를 왕래하며 함께 날아가고 있다니, 엄청난 일입니다. 신기한 흐름 위에 있는 것 같기도 합니다. 갈매기 자매는 계속해서 어디로 향하게 될까요? 우리도 모를 이 여행이 아직 조금 더 남아 있는 모양입니다.

남은 도쿄 생활도 즐겁게 보내기를 바랍니다. 오랜만의 도쿄에서 인상 깊은 장소나 마음에 남은 일이 있다면 내게도 말해 주세요.

2022년 11월

추신:

언니의 편지에서 '나를 위해 한 작은 일' 이라는 문장을 보고 상자에 든 멜론을 산 일이 생각났습니다. 근처 슈퍼에서 오픈 기념으로 과일 세트를 저렴하게 판매했거든요. 이건 꼭 사야겠다 싶었던 꾸러미에 멜론 상자가 들어 있었습니다.

집에 와서 상자에 든 멜론을 바라보고 있자니 어른이 된 기분이 들더군요. 비로소 상자에 든 멜론을 살 수 있는 나이가 되었다고나 할까. 지금까지 조금 비싼 딸기나 포도를 사 본 적은 있었지만 멜론이 주는 만족감은 그것들과는 차원이 달랐습니다. 아들이 멜론을 별로 좋아하지 않아서 남편과 둘이서 반씩 먹었어요. 정말 맛있었습니다. 이거야말로 어른이 누릴 수 있는 사치 아니겠습니까.

너무 흔해 잊고 있는 말이
어쩌면 지금 가장 필요한 말

어제는 마키와 마키 친구 강짱과 함께 가정식 식당에서 저녁을 먹었습니다. 아는 사람만 올 법한 작은 가게였는데 음식도 맛있고 분위기도 좋았습니다. 웃고 떠들다 보니 시간이 훌쩍 지나 있어 깜짝 놀랐죠. 돌아가는 게 아쉬웠을 정도입니다. 우리가 나눈 이야기도 물론 좋았지만 유쾌한 직원과의 대화나 지금까지 먹은 우엉 요리 가운데 단연코 가장 맛있었던 우엉튀김이 특히 인상적이었습니다.

도쿄에 온 지도 벌써 한 달. 밤새 빗소리가 창문을 두드리는 듯했는데 눈을 떠 보니 역시 추적추적 비가 오고 있네요. 줄곧 맑은 날이 이어졌는데 정말 오랜만의 비입니다. 도쿄는 도시 전체가 무채색의 느낌입니다. 비가 오는 날에는 그 차분한 무드가 한층 더 진해져서 공연히 들떠 있는 기분을 잔잔하게 만들어 줍니다.

어제 마키를 만나기 전 고탄다에 있는 사찰 야쿠시지(薬師寺)에 다녀왔어요. 언젠가 〈사경, 마음의 여행으로(写経心の旅へ)〉라는 제목의 일본 TV 프로그램을 보았는데, 도쿄의 이 사찰에 반야심경을 필사하러 온 사람들의 이야기였습니다. 일의 스트레스를 떨치기 위해, 가족의 건강을 기원하려고, 수행을 하고자 모두 불상을 앞에 두고 반야심경을 필사한 뒤 저마다의 자리로 돌아갔습니다. 그 모습들이 어딘가 홀가분하고 편안해 보여서 이번에 도쿄에 가면 꼭 해 봐야겠다고 생각했습니다.

한동안 아침 시간을 필사로 시작했던 적이 있

습니다. 지금은 어찌어찌 번역가로 활동하고 있지만 사실 첫 책이 나오기까지 참 오래 걸렸어요. 일본에서 돌아와 1년 정도 출판번역 수업을 들은 뒤 번역가 데뷔를 위해 출판사에 번역기획서를 돌렸습니다. 그런데 생각만큼 쉽지 않았어요. 기획서가 좋은 반응을 얻을 때도 있었고, 이야기가 더 진행되어 계약서가 오간 적도 있었으며, 심지어 계약하고 번역까지 끝내 책이 나오기만을 기다린 적도 있었죠. 하지만 언제나 중간에 흐지부지되거나 계약 직전에 일이 무산되었고 번역한 책은 출간되지 않았습니다. 그사이 함께 공부한 친구들은 데뷔를 하고 책을 몇 권 내기도 했습니다. 그걸 보면서 나는 왜 안 될까, 그냥 포기하고 취직할까 하는 심정이 되었습니다. 그런데 이상하게도 그런 마음이 스멀스멀 찾아올 때마다 왠지 이번에는 될 것 같은 일이 꼭 생겼어요. 이런 걸 희망 고문이라고 하죠. 그 속에서 참 오랜 시간을 버텼습니다.

그때 나를 붙잡아 준 것이 아침의 필사였습니다. 나만의 바이블이라고 여기는 책이 두 권 있는데, 마쓰우라 야타로가 쓴 『오늘도 정성스럽게(今日もていねいに)』와 『새로운 당연함(あたらしいあたりまえ)』입니다. 반복되는 일상을 살다 보면 놓치기 쉬운 소소한 것들, 하지만 살아가는 데 꼭 필요한 기본을 담은 책이에요. 당시에는 손톱만 한 희망에 목숨 건다는 답답함 때문에 침대에서 일어나기조차 쉽지 않았습니다. 그래도 매일 아침 책상 앞에 앉아서 두 책을 필사하며 머릿속을 비웠고, 마음에 닿는 문장을 발견한 날에는 그 문장 하나를 붙들고 어떻게든 살았던 것 같습

니다. 자꾸만 바닥까지 무너지려고 하는 마음을 그 문장들이 다시 차곡차곡 쌓아 올려 주었어요. 반야심경을 필사하는 사람들을 보면서 어쩐지 그 시절의 내가 떠올랐습니다.

절이라고 하면 당연히 초록으로 둘러싸인 목조 건물일 거라고 생각했는데 야쿠시지는 역 근처 주택가에 현대적인 건물로 자리하고 있었습니다. 도쿄의 이곳은 분원이고 본원은 나라현에 있어요. 신청서를 작성하고서 먼저 오신 두 분과 함께 스님의 설명을 들은 뒤 미닫이문을 열고 방으로 들어갔습니다. 가장 먼저 눈에 들어온 것은 커다란 불상. 그 앞에 쭉 놓인 책상에는 필사 견본과 먹과 벼루, 붓이 준비되어 있었어요. 시간을 들여 먹을 간 다음 반야심경이 적힌 견본 종이에 필사 용지를 올려 천천히 써 내려갔습니다. 나는 불교 신자도 아니고 반야심경의 내용도 잘 모릅니다. 붓으로 한자를 쓰는 일도 학창 시절 서예 시간 이후 처음이었죠.

반복되는 한자가 많은데 무슨 뜻일까 궁금해하며 익숙지 않은 붓질을 이어 갔습니다. 그때 한 여성이 조용히 내 옆을 지나 의자에 앉았습니다. 그러고는 능숙하게 먹을 갈고 거침없이 필사를 하더니 금세 자리를 뜨더군요. 반야심경 필사가 매일의 루틴인 것처럼 보였습니다. 항상 같은 시간에 오려나. 일하러 가기 전에 들르는 걸까. 그 사람에 대한 호기심으로 시작해 그 공간에 있는 사람들 모두의 이야기가 궁금해졌습니다. 물어볼 길은 없지만요. 11시쯤에 붓을 잡았는데 밖으로 나오니 오후 1시였습니다. 전

날 호텔에 종일 처박혀 편집 작업을 했던 터라 개운한 기분이 들었습니다.

머릿속을 비워 내며 위장까지 비워졌는지 갑자기 허기져서 신주쿠에 있는 킷사텐 타임스(タイムズ)로 향했어요. 문을 열자마자 코를 찌르는 담배 냄새에 다시 나갈까 잠시 망설이다 그냥 자리를 잡고 앉아서 커피와 나폴리탄을 주문했습니다. 그렇게 양옆에서 뭉게뭉게 피어오르는 담배 연기 속에서 홀로 나폴리탄을 후루룩후루룩. 그러는 사이 타임스의 문은 끊임없이 열리고 닫혔습니다. 직장인처럼 보이는 사람들은 자리에 앉자마자 휴 하고 길게 숨을 내쉰 뒤 담배 한 개비를 꺼내 물었습니다. 각자의 자리에서 나름의 방식으로 다들 열심히 살고 있는 거겠죠. 누구에게는 반야심경을 쓰는 일이, 또 누구에게는 킷사텐에서 한숨 돌리는 일이 일상의 피난처겠구나 싶었습니다.

마키는 반야심경의 내용을 알고 있나요? 아침에 가방을 정리하다가 어제 쓴 필사 견본이 나와서 무심코 뒷장으로 넘겼는데 거기에 반야심경 일부를 알기 쉽게 풀이한 글이 쓰여 있었습니다. 그걸 읽다가 이제야 그 뜻이 마음에 닿아 가슴이 쿵 내려앉았답니다.

반야심경의 마음
한쪽에 치우치지 않는 마음
집착하지 않는 마음
얽매이지 않는 마음

넓게 넓게 더 넓게
이것이 반야심경 공(空)의 마음입니다.

흔한 말로 보일지 몰라도 그런 말일수록 마음에 깊이 간직해야 하죠. 인생의 순간순간 꺼내 보아야 할 말을 잊고 살 때가 많습니다. 마쓰우라 야타로가 일상에서 발견한 기본에 대한 글처럼. 이 글도 그랬습니다. 잃어버렸던 말을 예상치 못한 순간에 되찾아 한 방 맞은 느낌이었어요. 자주 되새기고 곱씹고 싶은 말. 어제 능숙하게 반야심경을 써 내려가던 그분도 잊고 싶지 않은 말을 간직하기 위해 시간이 날 때마다 절을 찾는 건 아닐지.

희망 고문을 버틴 끝에 번역가가 된 지금, 꿈을 꺾지 않고 계속해서 나아간 내가 대견합니다. 오랜 시간 미련을 버리지 못하고 꿈을 좇는 일이 너무 이상적인 건 아닌지 스스로 의심하고, 주변에서 한심하다는 듯 툭 던지는 말에 상처도 받으며 비참했던 시기도 있었어요. 하지만 지금은 누구도 다른 사람의 인생을 평가할 권리는 없다고 단호하게 말할 수 있습니다. 우리는 모두 다른 사람이고 각자의 인생이 있는 것이죠. 그 꿈이 크건 작건 존중하고 응원하는 일, 끝내 이루지 못하더라도 괜찮다고 다독여 주는 일이야말로 서로의 다름을 인정하는 자세라고 생각합니다. 그리고 마키가 말한 것처럼, 나도 나이가 더 들어서도 어떤 꿈이든 계속 품은 채로 살고 싶어요.

도쿄를 떠나기 전 한 번 더 반야심경 필사를 하러 갈 수 있을까요. 교회에 열심인 엄마가 이 글을 본다면 바로 등짝 스매싱이 날아오겠지만 좋은 글에 마음이 가는 것은 종교와는 상관없는 일이니까요. 어쩐지 벌써 등이 아파 오는 듯한 느낌이지만.

비가 오고 날이 꽤 쌀쌀해졌습니다. 한국보다 가을이 긴 도쿄는 겨울까지 아직 먼 듯하지만 어수선한 시기인 만큼 몸도 마음도 따뜻하게 보내기를 바랍니다. 한국에 돌아가기 전 또 만나요.

2022년 11월

추신:

도쿄 이곳저곳을 다니고 있지만 지금 머물고 있는 메지로가 가장 좋습니다. 이케부쿠로와 다카다노바바라는 복작복작한 두 역 사이에 있는 동네로 차분한 느낌이 드는 곳입니다. 처음에는 단순히 신주쿠와 가깝고 호텔이 전철역 근처이면서 오래된 킷사텐이 있으면 좋겠다는 몇 가지 조건이 맞아 정한 곳이었지요.
호텔은 그저 잠자는 곳으로 여길 뿐 여행할 때 호텔 주변을 잘 돌아다니는 편이 아닌데, 메지로는 주변에 공원과 정원이 있고 킷사텐이나 책방 같은 작은 가게가 많더라고요. 그래서 특별히 멀리 외출하지 않아도 동네 오니기리 가게에서 도시락을 사서 공원에서 먹거나 메지로 정원에 들러 단풍을 구경하고, 골목을 누비다 발견한 책방에 들어가 보기도 하면서 동네 곳곳의 풍경을 마음에 담고 있습니다. 이런 식의 작은 여행도 퍽 즐겁네요. 매일 장을 보고 밥을 먹고 골목길을 산책하고 어딘가에 갔다가 돌아오기도 하며 마치 이곳의 주민이 된 기분으로 여행하고 있습니다.
도쿄의 가을을 이토록 만끽해 본 건 처음입니다. 도쿄에서 지낼 때는 먹고살기 바빴고 여행은 늘 비행기 표가 싼 시기에 오곤 했으니 단풍이나 벚꽃을 본 적은 없었지요. 그런데 지금, 여행 첫날 보았던 호텔 창밖의 초록빛 나무들이 조금씩 노랗고 빨갛게 물들어 가고 있습니다. 마키와 함께 간 가이엔마에 은행나무길도 무척 좋았어요. 노란 고깔모자를 쓴 듯한 나무들이 가을의 요정처럼 보였습니다.

도쿄의 가을을 관찰할 날이 얼마 남지 않았습니다. 남은 기간 많이 걸으며 회색빛 아닌 울긋불긋한 도시의 모습을 열심히 즐겨야겠습니다. 마키는 요즘 어떤 길을 산책하고 있나요?

변화를 즐겨요

마키

오랜만의 도쿄 생활을 만끽했나요? 한 달 반 동안 그간 만나지 못했던 것을 메우기라도 하듯 함께 많은 시간을 보냈네요. 이렇게 한 사람과 자주 만나다 보니 학생 때로 돌아간 느낌이 들기도 했습니다. 언니가 그렇게 원하던 함박스테이크도 함께 먹었죠. 키친 펀치에서 한 번, 로얄호스트에서 두 번, 그렇게 총 세 번을 먹은 것으로 기억하는데 처음 먹어 본 로얄호스트의 함박스테이크가 언니 입맛에 맞았을지 궁금합니다. 로얄호스트는 평범한 패밀리 레스토랑이지만 어딘가 정겨운 양식당의 분위기가 풍기지요. 조금 비싸도 음식 맛이 좋고 인테리어나 직원들의 유니폼, 매장 음악이 모두 레트로풍이라 좋습니다. 그래서 지금 사는 곳에 이사한 뒤로는 일주일에 한 번은 가고 있습니다. 갈 때마다 외식의 장점을 생각하게 만드는 곳. 이왕 말이 나온 김에 추천 메뉴를 이야기해 보자면 철판에 나오는 육즙 가득한 함박스테이크를 비롯해 어니언 그라탱 수프, 오므라이스, 카레, 도리아, 팬케이크, 계절 파르페도 정말 맛있고 조식도 좋습니다. 이상, 사심 가득한 로얄호스트의 광고였습니다. 다음번에 다른 메뉴도 도전해 보세요.

언니와 시간을 보내면서 어른이 되어 만난 친구의 특별함에 대해 생각했습니다. 나는 친구가 많은 편이 아니에요. 친구라고 부를 수 있는 사람을 떠올려 보면 연령과 성별, 사는 곳, 생애 주기의 단계, 라이프 스타일이 다 제각각입니다. 오랫동안 친하게 지낸 사람이 있는가 하면 어른이 되어서 갑자기 친해진 사람도 있고, 육아로 가까워진 사람, 일을 통해 만난 사람, 취미가 같은 사람까지 다양합니다. 그중에는 나보다 열두 살 많은 분도 있어요. 다들 개성 있지만 공통점을 생각해 보면 서로의 다름을 존중하고 적당한 거리를 지키려는 사이라는 거예요. 열린 마음으로 관계를 맺으면서 무리하지 않기에 편하게 함께 있을 수 있습니다.

학창 시절에는 좁은 범위 내의 사람들을 친구로 만나게 되지요. 나랑 맞지 않는다고 생각하면서도 무리해서 친구 관계를 이어 가는 사람도 있기 마련입니다. 하지만 나이가 들어 갈수록 그런 관계는 자연스럽게 멀어지더군요. 그렇다고 사이가 좋은 친구와 언제까지나 그 관계가 유지되는가 하면 꼭 그런 것도 아닙니다. 오랜 친구와 크게 싸워 절교하는 경우도 얼마든지 있잖아요. 서로 조금씩 변하며 틈새가 점점 벌어지다 보면 함께한 세월과 무관하게 소원해지는 것이지만 역시 안타까운 일입니다. 나도 한때는 함께였던 친구와 언젠가부터 연락이 뜸해졌는데 지금은 어떻게 사는지도 모릅니다. 만약 그 친구와 우연히 마주친다면 어떤 기분일까요?

어른의 우정은 다양성과 변화의 수용을 전제한 관계일지 모르겠습니다. 자신의 상황과 여러 사정을 일일이 털어놓지 않아도 좋은 관계, 몇 년에 한 번 만나더라도 괜찮은 관계. 무엇보다 함께일 때 즐거운 사람이면 충분하다고 생각합니다.

일본에서는 연령대가 다르더라도 그들 사이에

우정이 있다면 친구라고 부릅니다. 한국에서는 같은 연령대만을 친구라고 부른다고 배웠는데 정말 그런가요? 나는 언제나 친근감의 표시로 언니를 '언니'라고 부르고 있는데, 그 호칭은 괜찮나요? 사실 일본식으로 말하자면 언니는 나의 '친구'입니다. 자기에게도 다른 사람에게도 열심이고 성실한 사람, 언제나 존경할 수 있는 친구로 내 곁에 있어 주어서 힘이 됩니다.

미처 말하지 못한 것이 있는데, 사실 내 생활에는 사소한 변화가 있었습니다. 얼마 전 7년 동안 탔던 자전거가 고장이 났거든요. 전동 모터가 달린 연한 파란색의 자전거인데 아들을 뒤에 태우고 어린이집에 데려다주거나 데려오기도 하고, 동네에 잠시 외출할 때나 먼 곳에 있는 공원에 갈 때도 꼭 함께한 파트너였습니다. 그런데 지난달 뒷바퀴살이 이상한 모양으로 휘어져서 탈 수 없게 되었어요. 지금까지 여러 번 수리하면서 탔는데 이제 수명이 다했나 보다 생각하고 한동안은 자전거 없이 생활해 보기로 했습니다.

동네 외출 시에는 기본적으로 걷고 조금 먼 곳으로 갈 때는 버스를 이용했습니다. 그런데 역시 효율적이지 않더라고요. 자전거로 쌩쌩 달리던 길에 두 배 이상 시간이 걸리고, 무거운 짐을 들고 언덕을 올라갈 때는 트레이닝을 하는 듯한 기분마저 드는 겁니다. 하지만 자전거 없는 생활의 신선한 점도 있었어요. 자전거를 탈 때는 언제나 정해진 시간에 딱 맞춰 집에서 나왔다면 이제는 조금 여유를 가지고 출발해야 합니다. 큰길 대신 강을 따라 난 길을 걷게 되었고요. 마침 단풍이 물드는 계절이라 바스락바스락 낙엽을 밟으며 걸으니 기분이 좋았습니다. 벚나무에 갓 난아기 같은 싹이 나온 것도 발견했어요. 벌써 내년 준비를 하고 있는 모양입니다. 속도가 달라지니 보이는 경치도 달라진 것이죠. 이런 당연한 풍경이 아주 소중하게 느껴졌습니다.

그러는 사이 지금까지는 그저 이동을 위해 존재했던 시간이 일상의 여백으로 바뀐 것을 깨달았습니다. 휴일의 산책과는 또 다른 일상 속 텅 빈 여백의 시간. 여유가 있을 때면 일부러 모르는 길로 들어가 혼자 주택가를 요리조리 탐색했어요. 수상한 사람이 아니라는 표시로 한 손에 장바구니를 들고 어슬렁어슬렁 돌아다니다 보니 여행자 같은 기분도 들었습니다.

자전거 없이 보내는 생활이 점점 즐거워지던 어느 날, 일본민예관에 전시를 보러 가는 길에 큰마음 먹고 시간이 조금 더 걸리는 쪽으로 돌아가기로 했습니다. 일부러 큰길에 있는 버스 정류장에서 내려 골목길 안으로 들어가 보았어요. 이런 곳도 있었구나, 혼잣말을 하며 거리를 관찰하는데 왠지 신이 났습니다. 특별한 걸 하고 있는 것도 아닌데. 다시 집으로 돌아갈 때도 다른 길로 걷다가 처음 본 카페에 들렀어요. 결국 길을 잃어서 처음보다 두 배나 시간이 더 걸렸지만 그것도 괜찮았습니다. 길을 잃는 것도 즐거우니까요.

자전거 없는 생활은 내게 생각지 못한 선물을 안겨 주었습니다. 시간과 편리성만 따지던 생활 방식을 반성도 했습니다. 가끔은 스마트폰이 알려 주는 최적의 경로에서 이탈해도 좋겠다고 생각했습니다. 여행지에서 길을 잃고 두리번거리다가 잊지 못할 풍경이나 사람과 우연히 만나는 경험을 일상에서 하게 될지도 모르죠. 마음먹기에 달려 있을 겁니다.

자전거 없는 생활에 대해 예찬을 늘어놓았지만 결국 새로운 전동 모터 자전거를 샀습니다. 이번에는 아이를 태울 수 없는 산악자전거 타입으로 마련했어요. 뭐야, 산 거야, 하는 언니의 목소리가 들리는 것 같습니다. 하지만 노트북이나 식료품 같은 짐이 있을 때는 역시 힘들더라고요. 게다가 동네에 언덕이 많아서 꼭 전동 모터 자전거여야 했습니다. 편리와 불편, 두 개의 카드 앞에서 기어코 편리를 선택하고 마는 나에게 실망하면서도 편리성을 포기하는 일은 그리 간단하지 않구나 실감했습니다. 정든 자전거와의 아쉬운 이별도 잠시, 새로운 자전거를 타고 바람을 가르며 달리는 기분은 최고였습니다. 자전거를 타야만 맛볼 수 있는 즐거움도 있는 거니까요. 팬데믹 여파로 자전거로 출퇴근하는 사람이 무척 늘었다고 합니다. 운동도 되고 환경에도 좋으니 일석이조 아니겠어요? 편리와 불편의 균형, 아무래도 그것이 중요한 것 같습니다.

2022년 12월

추신:

최근 도보 생활을 하며 산책한 메구로강 주변의 길과 언니와 함께 갔던 신주쿠 교엔의 사진을 보냅니다. 메구로강은 벚꽃으로 유명하지만 신록과 단풍의 계절에도 정말 예쁩니다. 한겨울 무렵에는 벚나무의 꽃망울이 점점 부풀어 오르는 걸 볼 수도 있지요.
둘이서 신주쿠 교엔을 산책했을 때 참 즐거웠습니다. 이야기 나누며 단풍잎도 주우며 걷다가 나중에는 잔디에 앉아 멍하니 주변 풍경을 바라보았던 그 시간이 무척 평온해서 자그마한 선물을 받은 기분이었는데, 나만 그렇게 느낀 건 아니겠지요? 언니와 또 그런 시간을 보낼 수 있다면 좋겠습니다. 할머니가 되어서도 함께 신주쿠 교엔을 산책할 수 있기를. 그때도 우리 낙엽을 주우며 걸어요.
언니는 이제 한국에 있겠네요. 오랜만의 서울은 어떤가요. 벌써 엄청 추울지도 모르겠습니다. 정신없이 바쁜 생활로 돌아갔겠지만 일상의 피로를 위로해 주는 일이 있기를 바랍니다. 이제 내가 서울에 갈 순서예요. 비행기 티켓도 준비 완료. 남은 일은 코로나에 걸리지 않도록 주의하는 것뿐입니다. 서울에서 만나요!

가을의 메구로강

그때는 몰랐지만
지금은 알 수 있는 것

오랜만의 서울 여행은 어땠나요? 가장 추울 때 와서 고생했을 것 같네요. 편지를 쓰고 있는 오늘은 12월 25일, 크리스마스입니다.

지금 나는 참새 방앗간에 와 있습니다. 한국에서는 좋아하는 곳에 자주 드나드는 걸 두고 '참새가 방앗간을 그냥 지나치지 못한다'고 말해요. 요즘 나의 참새 방앗간은 익산에 있는 카페 '르물랑'입니다. 갈매기 자매 잡지에서 『몽 카페』라는 책을 소개한 적이 있죠. 그 책의 작가가 프랑스인 남편과 함께 운영하는 카페예요. 작가님이 내려 주는 향기로운 커피와 남편분이 만드는 디저트를 먹으며 일하면 집중도 잘돼서 나에게는 '작업 맛집'이고, 작은 소도시에 있는 작은 프랑스 같기도 합니다. 그리고 지금 이 시간이 유독 달콤한 건 오늘이 크리스마스이기도 하지만 올해 마지막으로 보내는 느긋한 시간이기 때문일 겁니다. 곧 기쁨과 귀여움과 인내와 고행의 시간인 조카 육아 기간이 기다리고 있거든요.

그나저나 언니라고 부르는 게 괜찮냐고요? 이제 와서? 하하. 장난이고, 물론 괜찮죠. 처음에는 일본인인 마키가 언니라고 부르는 것에 위화감을 느낀 것도 사실입니다. 일본은 나이와 상관없이 이름을 부르기에 아르바이트를 하면서 만난 대학생도, 우리 엄마와 동갑이던 나의 한국어 수업 학생도 모두 각자 부르기 편한 대로 부르곤 했으니까. 그리고 언니, 하면 왠지 동등한 친구 입장이 아닌 듯해서 내심 나도 애칭으로 불러 주길 바랐던 적도 있습니다. 이름을 딴 애칭으로 뭐가 좋을까, 하나짱? 낫짱? 하나코? 하지만 이제 와서 바꾸기는 쉽지 않을 테고, 마키 아들과 남편도 애칭처럼 나를 언니라고 불러서 재미있습니다. 그 호칭에는 국어사전의 정의 대신 우리가 만든 의미가 담겨 있는 셈이죠.

나도 친구가 별로 없습니다(내 기억에 마키는 친구가 많았던 것 같은데). 한국을 떠나 있던 기간에 인간관계가 대부분 정리되었고, 필요할 때만 연락하는 사람들이나 나에게 독이 되는 사람들과 거리를 두었더니 지금은 극소수의 사람만 남았습니다.

따지고 보면 친구처럼 유동적인 존재도 없지요. 어릴 때부터 친한 친구 사이도 물론 있겠지만 대부분 자신이 처한 상황, 예컨대 결혼이나 직업이나 사는 지역에 맞춰 친구가 되었다가 또 멀어지기도 하고 때마다 새로운 친구가 생기기도 하니까. 가끔 상대와 멀어지고 있다고 느낄 때 지금은 우리가 친구로 있을 시기가 아닌가 보다, 나이 들어 만나면 더 나은 사이가 되어 있을지도 모른다, 하고 생각합니다. 영원한 친구 따위 없다, 이렇게 생각하는 편이 서로 집착할 일도 없고 속 편하고 좋지 않나요.

자전거가 있는 도쿄의 생활에서 벗어나 오직 다리에 의지해서 다닌 서울은 어땠을지 궁금합니다. 도쿄에서 그랬듯이 서울에서도 많은 시간을 함께 보냈네요. 무엇보다 '카페 고잉홈'과 브런치 가게 '고도'에 마키를 데려갈 수 있어서 좋았습니다. 아침 8시에 문을 여는 고도에 가기 위해 일찍 일어나 택시 앱으로도 도무지 잡히지 않는 택시를 기다리다 결국 지하철을 타야 했던 비하인드조차 귀엽게 느껴지네요. 고도는 작년 초여름 무렵 일주일에 한 번씩 꼭 갔던 곳입니다. 한동안 일이 없어 불안 속에 지낸다고 말한 적 있죠. 그때 유일하게 누린 사치가 고도에 가는 일이었습니다. 근처에 있는데도 자주 가지 못했던 이곳을 오픈 시간에 맞춰 방문해서는 토스트와 샐러드, 달걀 프라이가 나오는 아침 특선에 진한 커피를 마시고 집에 돌아가곤 했어요.

계획했던 일들이 손가락 사이로 스르륵 빠져나가는 모래알처럼 줄줄이 취소되어 일이 전혀 없던 때였습니다. 너무 갑작스러워서 처음에는 어리둥절했고 나중에는 당황스러웠죠. 이러다 일을 아예 못하게 되는 건 아닐까 싶고. 과거의 나였다면 집에만 콕 처박혀서 그 상황을 받아들이지 못하고 걱정만 했을 거예요. 그런데 이때는 조금 달랐습니다. 팬데믹으로 일상이 멈췄던 영향도 있었을까요. 내가 언제 이렇게 쉬어 보겠어, 매일 충실히 나한테 시간을 쏟아 보자, 그런 생각이 들었습니다. 그래서 그동안 미뤄온 킨츠기 인터뷰 프로젝트를 시작해 매일 아침 글을 쓰고, 산책을 마음껏 하면서 오리 가족들도 만나고, 한참 읽히지 않았던 책을 다시 읽으며 꾸벅꾸벅 낮잠도 자고, 누군가 정성껏 만들어 주는 음식을 먹으며 시간을 보냈습니다. 그 어느 때보다 고요하고 잔잔했지만, 또 그때만큼 마음이 안정된 적도 없었던 것 같습니다.

지나고 보니 그런 공백기가 있었던 게 다행이

다 싫어요. 일이 없는 보릿고개 기간은 프리랜서에게 언제든 찾아올 수 있는 시간이잖아요. 이때의 경험으로 그럴 땐 오로지 나를 위해 시간을 쓰면 된다는 걸 터득했습니다. 참새 방앗간을 만드는 방법도 이때 배웠어요. 어디든 참새 방앗간을 하나쯤 만들어 두면 기댈 곳이 필요할 때 든든하더라고요. 모든 일은 역시 다 지나고 나서 깨닫게 되는 법입니다. 그때는 몰랐지만 지금은 알 수 있는 것. 다만 그 공백기가 낳은 부작용이 하나 있습니다. 그 후로 들어오는 일은 일단 무조건 하겠다고 말하는 버릇이 생겼다는 것.

최근에도 사건이 하나 있었습니다. 결론부터 말하자면 못하게 된 일이죠. 킷사텐과 관련된 영화와 책을 보고 함께 이야기 나누고 글을 쓰는 모임을 기획했고, 일이 순조롭게 진행되어 모임 신청을 받기 시작했습니다. 그사이 나는 도쿄에 있으면서 소개하고 싶은 킷사텐을 찾아다니며 모임에서 함께 마실 드립백도 준비했어요. 그런데 신청 마감은 다가오는데 신청자가 별로 없는 겁니다. 내 기획이 매력적이지 않은가? 킷사텐을 훤히 꿰뚫고 있는 사람이 아니라서 그런 걸까? 내가 정말 킷사텐을 잘 알고 있나? 좋아서 다니는 것뿐인데 킷사텐에 대해 깊고 넓게 소개할 수 있을까? 머릿속에서 생각이 꼬리에 꼬리를 물며 이어졌습니다. 결국 모임은 취소되었습니다. 겉으로는 덤덤한 척했지만 속은 상했어요. 하지만 곧 상황을 받아들이고 킷사텐을 좀 더 공부해 보기로 했습니다. 가끔은 100퍼센트 준비된 상태가 아니어도 일단 시도해 보는 게 좋을 때가 있는데, 이번

일은 체감상 50퍼센트도 준비가 안 되었던 것 같습니다. 덕분에(?) 아침마다 110년 된 긴자의 '카페 파울리스타'에서 산 커피를 내려서 마시는 사치를 부리고 있습니다.

도쿄에서 돌아온 다음 날부터 밀린 일들을 처리하기 위해 여느 때처럼 아침에 일어나 커피를 내리고 일하는 일상을 보내다 보니 도쿄에 다녀온 것이 꿈같습니다. 이제는 저 먼 기억 속의 여행이 되었지만 도쿄에서 생활하며 확실히 깨달은 사실이 하나 있습니다. 나는 디지털 노마드가 될 수 없겠다는 것. 좋아하는 도쿄에서는 더더욱. 일하다 보면 나가고 싶어 엉덩이가 들썩이고, 놀다 보면 일해야 한다는 의무감으로 마음이 편치 않아서 이도 저도 아닌 시간을 보냈습니다. 어디에서든 일할 수 있는 직업을 가진 건 그 자체로 장점인 동시에 일에서 완벽하게 벗어나 쉬는 건 좀처럼 어렵다는 뜻이기도 합니다. 이것도 일이 있을 때와 없을 때 달라지는 마음입니다. 도쿄에 생활자로 지내려고 갔지만 결국은 여행자였네요.

크리스마스이브였던 어제는 조카가 잠든 것을 확인하고 온 가족이 선물을 포장하기 위해 매달렸습니다. 포장지에 붙일 적당한 테이프가 없어서 내가 가지고 있던 핑크색 종이테이프로 포장을 마무리하고 선물을 거실 잘 보이는 곳에 두었습니다. 그리고 찾아온 크리스마스 아침. 새벽 5시부터 일어난 조카 덕분에 거실은 일찍부터 시끌벅적했어요. 나는 침대에서 뭉그적대다가 나중에야 조카가 선물 언박싱을 하는 영상을 보았습니다. 소리를 키우고 보라는 말에 왜 그러나 의아했는데, 조카가 졸려서 다 뜨지도 못한 눈을 하고 선물을 뜯으며 이렇게 말하는 겁니다.
"이 핑크색 테이프, 예전에 고모 방에서 본 것 같은데."

그 말을 듣자마자 나는 몰래 웃느라 정신이 없었어요. 하마터면 산타 할아버지의 존재를 들킬 뻔한 순간이었죠. 몇 개월 전 내 방 수납장에 있던 테이프를 조카에게 딱 한 번 보여 주었는데 그걸 기억하더라고요. 산타 할아버지가 선물을 가지고 왔는데 테이프가 없어서 고모가 빌려준 거라고 대충 둘러대긴 했지만, 조카가 과연 믿었을지. 마키는 언제까지 산타를 믿었는지 기억하나요? 마키의 아들은 초등학생이라 더 이상 산타는 믿지 않으려나?

2022년 12월

추신:

도쿄에 갔던 것이 가물가물해질 때마다 휴대전화 사진첩을 열어 도쿄 사진을 들여다봅니다. 그러면 사진을 찍었던 장소와 순간이 머릿속에 재생되면서 다시 도쿄의 기억이 생생해집니다. 역시 남는 건 사진뿐이네요.

여행 끝자락에 자유학원 메이니치칸이라는 곳에 갔는데 무척 좋았습니다. 1921년에 개교한 여학교로 일부 건물을 무려 미국 건축가 프랭크 로이드 라이트가 설계했다고 합니다. 한국에 돌아오기 이틀 전, 비가 내리는 날 이곳을 찾았는데 1997년에 중요문화재로 지정되었다는 건물에 사람들이 자유롭게 드나들더라고요. 문화재 건축물을 이용하면서 보존하는 '동태 보존' 모델 케이스라는 걸 안내 책자를 보고 알았습니다.

마침 이곳 중앙동 2층의 카페가 파울리스타의 원두를 사용하고 있었어요. 곧 100년이 되는 곳에서 마시는 110년 된 카페의 커피. 오래된 건축물과 킷사텐을 좋아하는 나에게는 최고의 공간이었습니다. 공간도 가구도 그때 당시 그대로여서 100년 전 시대에 잠시 소환된 듯했습니다. 100년 전이라면 여성이 공부하고 사회에 진출하는 일이 쉽지 않았을 텐데, 이곳의 학생들은 어떤 공부를 하고 어떻게 인생을 개척해 나갔을까요? 어떤 분야든 여성으로서 그 길을 가장 먼저 걷기 시작한 사람이 있기 마련인데, 이곳에서 공부한 여성들도 그런 사람이 되었을까요? 문득 그들의 이야기가 궁금해졌습니다.

마키가 돌아간 후 서울은 평년 날씨를 회복했습니다. 얼어붙을 것 같은 날에 남대문시장에서 호호 불며 만두를 먹고 또 바로 갈치찜을 먹으러 갔던 기억이 생생합니다. 주머니에서 손을 꺼내면 그대로 얼 것 같은 날씨였지만 마키는 열심히 사진을 찍었잖아요. 서울의 어떤 모습을 찍었는지 궁금합니다. 마음에 드는 사진이 있다면 내게도 보여 줄래요?

카페 르물랑

스물두 번째 편지

혼자 서울 여행

마키

순식간에 1년이 지나고 다시 새로운 한 해가 시작되었습니다. 올해 설날도 도쿄에서 느긋하게 보냈어요. 청소를 하고 꽃을 꽂고 신사에 첫 참배를 하러 가고 신년의 공기를 흠뻑 마시니 조금 새로워진 기분이 듭니다.

조카와의 크리스마스 해프닝을 읽고 조마조마했을 어른들 모습이 상상돼 웃음이 터졌습니다. 우리도 크리스마스 날 올해 초등학교 4학년이 되는 아들이 "산타는 아빠랑 엄마야?" 하고 물어서 깜짝 놀랐답니다. 하지만 아무렇지 않은 얼굴로 "아니, 산타는 따로 있지. 하지만 아빠 엄마도 산타를 도와주곤 해."라고 대답해 주었습니다.

"어른들은 산타에게서 받은 선물을 아이의 베갯머리에 두거나 아이가 어떤 선물을 원하는지 산타에게 미리 알려 줘. 너도 어른이 되면 산타를 도와야 할 거야."

"그렇구나. 나는 산타를 믿으니까."

반신반의하면서도 순진한 얼굴이 어찌나 귀엽고 사랑스럽던지. 그러고 나서는 구글로 산타의 현재 위치를 확인하더니 조금 있으면 도착한다며 서둘러 침대로 들어가더라고요. 역시 디지털 네이티브 세대답지요. 시대가 바뀌어도 세계의 모든 어른이 오래도록 산타라는 판타지를 지키고 있다는 게 멋있습니다. 나도 앞으로 몇 년은 더 산타의 임무를 제대로 수행하려고 해요.

얼마 전 함께 본 남대문 근처 백화점의 크리스마스 일루미네이션이 생각납니다. 그날 밤은 헛웃음이 나올 정도로 추웠지요. 그렇게 기다렸던 3년 만의 서울이었는데 하필이면 북극 한파와 함께 가다니. 체감 온도 마이너스 20도, 그런 추위는 태어나서 처음이었어요. 이상하게 나는 매번 한겨울에 한국을 가게 되는데, 그래서 이번 강추위도 왠지 한국다워서 좋았습니다. 얼어붙을 것 같은 날 두꺼운 검정 패딩에 모자까지 쓰고 "아, 진짜 춥다." 하면서 주머니에 손을 넣고 걸으니 한국에 있다는 실감이 나더라고요.

게다가 이번은 혼자 하는 첫 해외여행이었습니다. 해외 이곳저곳을 많이 다녔지만 혼자 나간 것은 30대 후반이 되어서야 처음이네요. 정신없이 출발할 때는 실감이 안 나다가 김포공항에 도착해 비행기에서 내린 순간 갑자기, 나는 자유다! 하는 기분이 들었습니다. 귀국까지 주어진 시간은 5박 6일. 무엇을 하든 어디에 가든 신경 쓸 사람 없고, 누구의 눈치도 보지 않아도 된다니! 내가 없는 사이 남편과 아들은 집에서 즐겁게 있을 테고, 나는 일도 마무리하고 온 만큼 걱정할 게 없었습니다. 조금 긴장은 되었지만 이렇게까지 자유를 느끼는 것은 아이가 태어나고 거의 10년 만이었어요.

그렇게 해방감과 함께 서울에서의 시간이 시작되었습니다. 지하철 5호선을 타고 호텔이 있는 마포로 향하는데 너무 자연스러워서 평상시와 다를 게 없었어요. 서울에 살아 본 적도 없으면서. 그저 몇 년 만에 만난 친구에게 나 왔어, 하고 인사를 건네는 마음 같았습니다.

첫날은 언니와 함께 호텔에 묵기로 해서 먼저 체크인한 다음 호텔 1층에 있는 카페에서 언니를 기다렸죠. 커피를 마시며 밖을 내다보는데 들려오는 건 오직 한국어뿐. 그곳은 분명 서울이었습니다. 겨우 네 시간 전만 해도 도쿄에 있었는데 지금은 혼자 서울에 있구나. 한때 유학을 꿈꾸기도 했지만 아이가 생겨서 그러지 못했지. 만약 그때 서울에서 유학을 했다면 어땠을까? 회사를 그만두고 어학당에 다니며 친구도 사귀고 어쩌면 좋아하는 사람이 생겼을 수도 있겠지. 지금쯤이면 한국어도 많이 늘어서 독신으로 지금과는 다른 일을 하고 있을지도. 이렇게 멀티버스 속 또 다른 나를 상상하다 보니 서울 거리를 걷고 있는 내가 보이는 것 같았습니다. 미래의 나였을지도 모르는 동시에 지금의 나와는 전혀 다른 사람. 여러 선택지 가운데 고른 길의 끝에, 홀로 서울의 카페에 앉아 있는 내가 어딘지 신기하고 기묘한 느낌이 들었습니다.

혼자 하는 첫 여행인 만큼 추위에도 아랑곳하지 않고 서울 거리를 여기저기 돌아다녔어요. 가장 먼저 찾아다닌 건 들깨칼국수집이었습니다. 서울에 가면 꼭 먹어야겠다고 했잖아요. 처음엔 언니가 알려 준 안국의 노포로 향했는데 가게가 안 보이는 거예요. 아쉽게도 얼마 전에 폐업했더라고요. 그렇다고 여기서 포기할 수는 없어서 휴대전화로 검색해 다른 가게를 찾아갔는데 겨울에는 판매하지 않는다거나 밤부터 영업한다고 해서 모두 실패. 결국 저녁 무렵 터벅터벅 마포로 돌아왔습니다. 마지막으로 찾아간 근처 식당도 마침 휴무일이었고, 하루에 네 군데에서 퇴짜 맞는 기록을 세웠답니다. 낙담한 채로 김밥 체인점에 가서 혼자 김밥을 먹는데 꽤 서글펐습니다. 그리고 다음 날 점심에 전날 닫혀 있던 식당에 다시 찾아가 드디어 염원하던 들깨칼국수를 먹었습니다. 오직 한국에서만 즐길 수 있는 맛. 정말 맛있었어요. 평소에는 밥 먹는 일에 별로 집착하지 않는 편인데 이상하죠. 이런 게 여행의 속성일까요.

우여곡절 많았던 여정 중에서 가장 인상적이었던 곳은 국립중앙박물관이었습니다. 미술관보다 박물관을 좋아해서 꼭 가 보고 싶었어요. 다만 일행이 있으면 천천히 볼 수 없을 것 같아서 그간 일부러 피해 왔던 곳이기도 합니다. 여기야말로 혼자 여행하는 사람에게 안성맞춤인 장소죠. 소장품을 하나하나 감상하다 보니 어느새 반나절이 지나 있었습니다. 마지막으로 도착한 곳이 '사유의 방'이었어요. 언니가 정말 좋았다고 했던 바로 그곳. 두 개의 반가사유상만 놓여 있는 특별한 공간이더군요. 볼에 손가락을 대고 미소 지으며 사색하는 불상의 아름다운 모습이 마치 우주에서 온 이차원(異次元)의 존재처럼 느껴졌습니다. 지금으로부터 약 천오백 년 전에 이름도 모르는 누군가가 혼을 담아 만든 불상이 시대를 뛰어넘어 눈앞에 조용히 자리하고 있었어요. 모든 것을 감싸 안는 듯한 그 모습을 바라보다가 결국 눈물을 흘렸습니다. 지금까지 많은 불상을 봐 왔지만 이런 적은 처음이에요. 그 깊은 여운을 가슴에 품듯 조용히 합장하고 그곳을 뒤로했습니다. 누군가와 함께였다면 분명 이런 감동을 느낄 수 없었겠지요.

언니와 보낸 시간도 재미있었습니다. 가고 싶

었던 카페와 시장, 가맥집에도 갔고 맛있는 생선 요리도 먹었지요. 갈매기 자매 잡지를 디자인해 준 디자이너 두 분과도 드디어 만났고요. 두 분에게 받은 편지에 일본어가 귀엽게 쓰여 있어서 감동했습니다. 언니한테도 편지를 받아서 무척 기뻤죠. 역시 손글씨 편지는 언제 받아도 좋네요.

북극 한파가 찾아왔던 서울에서의 나 홀로 여행도 끝이 나고, 지금은 도쿄에서 이렇게 편지를 쓰고 있습니다. 돌이켜 보니 혼자 해외에 있는 시간은 의지할 데 없이 바다에 홀로 떠 있는 작은 배가 되는 경험 같습니다. 나도 모르는 사이 내가 내 생활에 단단하게 닻을 내리고 있었다고 실감했습니다. 엄마가 된 지도 어느새 10년. 도저히 익숙해지지 않는 육아에 고군분투하면서, 동시에 나에게 맞는 일의 방식을 모색하면서 열심히 살아왔습니다. 이번 서울 여행은 그런 자신을 되돌아보게 하는 여행이었습니다. 직업상 이동이 많지만 그래도 역시 내 시간을 자유롭게 확보하는 일은 아직 어려워요. 영화를 보거나 쇼핑을 할 때도, 친구와 약속을 잡을 때도 가족과 일정을 확인해 가면서 조율해야 합니다. 게다가 가족의 건강을 신경 쓰고 매일 집을 깨끗하게 유지해야 하는 입장이다 보니 혼자 움직일 때도 마음 한쪽에는 언제나 집 걱정이 자리하고 있습니다. 집에 가야 할 시간이다, 저녁밥은 뭘 하지, 아침 해 먹을 게 있었나, 내일 일정은 뭐였지 하고요. 이번 여행은 그런 것에서 완전히 해방된 시간이었습니다. 만약 한국이 아닌 다른 여행지였다면 이런 감각은 느끼지 못했을 거예요. 언어도 모르는 먼 나라였다면 해방감보다는 긴장과 불안이 더 컸을 테니까. 나에게는 여행과 일상, 그 어딘가에 존재하는 서울입니다.

올해는 한국에 몇 번 더 가고 싶습니다. 한국의 지방을 천천히 돌아보고 싶기도 하고요. 그때는 가족이나 친구와 함께일 테지요. 이번 여행에서 내 한국어 실력이 많이 부족하다고 느껴서 다시 공부를 시작하려고 합니다. 올해 해야 할 일이 참 많네요.

새해가 되자마자 하쓰유메(初夢)를 꾸었습니다. 그해에 처음 꾸는 꿈을 뜻하는데 한국에도 이런 말이 있나요? 1월 1일 혹은 2일에 꾼 꿈이라는 식으로 여러 설이 있는데 나는 2일 오후에 낮잠을 자면서 꾸었습니다. 꿈에서 나는 한국에 있었어요. 인적이 드문 곳에 있는 작고 오래된 가게에서 점원으로 일하고 있었습니다. 그곳 주인은 마음씨 좋은 아저씨였는데 함께 잡담하며 가게를 보다가 갑자기 아저씨가 딸이 아파서 집에 가 봐야겠다며 나에게 가게를 맡기고 사라졌어요. 그렇게 홀로 가게에 남아 있는데 젊은 여자 한 명이 들어왔습니다. 파마한 단발머리 여성이었는데 나에게 편하게 말을 걸더라고요. 아무래도 친구였던 듯합니다. 혼자인데 괜찮아?, 말도 잘 못하니까 솔직히 불안해, 이런 대화를 나누던 중 친구가 가게에 있는 메모장에 무언가를 쓱쓱 적었습니다. '괜찮아, 마키라면 할 수 있어.' 나에게 용기를 주는 편지였습니다. 한국어로 쓰인 편지를 받고서 친구를 배웅하기 위해 문을 열었을 때 갑자기 눈물이 넘쳐흘렀어요. 친구의 마음이 고마웠거든요. 그리고 눈을 뜨자 실제로도 베개를 적시며 눈물을 흘리고 있더라고요. 기뻐서 흘린 눈물이었습니다. 한참을 여운에 잠겨 있었어요. 좋은 첫 꿈이라는 생각이 듭니다.

2023년 1월

추신:

서울에서 찍은 사진 중에 마음에 드는 것을 고르자니 정말 어려웠습니다. 너무 추워서 주머니에서 손을 꺼내기가 힘들어 사진을 많이 남기지 못한 게 아쉽습니다.
여행은 자신이 지금 어디에 있는지 알아차리는 일이라고 생각해요. 다른 문화권의 공기와 시간에 몸을 맡기면 평소에는 인식하지 못하던 자기 모습이 보이고, 나라는 사람이 어떤 환경에서 무엇을 생각하며 살고 있는지 객관적으로 바라보게 되는 것 같습니다.
이번에 나는 돌아갈 곳이 있다는 사실이 얼마나 행복한 일인지 깨달았습니다. 여행하면서 문득 외로워지는 순간이면 바로 가족과 영상통화를 하며 마음을 달랬습니다. 도쿄로 돌아가서 하네다공항에 마중 나온 아들을 꽉 껴안자 안심이 되더라고요(아들은 별 감흥이 없었던 것 같지만). 행복의 정의는 사람마다 다르지만 나는 이번에 나의 행복에 대해 알게 되었습니다. 언니의 행복은 무엇일까요. 최근에 행복하다고 느낀 일이 있었나요?

지구상에 있는 몇십억 명의 사람 중에서 오직 한 사람, 언니와 지금 이 순간 편지를 나누는 일. 가깝지만 멀고 멀면서도 가까운, 시차 없는 이국의 친구들이 마음을 나누는 일. 이것 역시 기적이고 행복이겠지요. 정말 감사한 일입니다. 2023년에는 모두 평온하고 좋은 일이 많이 생겼으면 좋겠습니다.

1000

아직 인생 1회차

혼자 하는 첫 해외여행을 무사히 마무리해 다행입니다. 나는 대부분 혼자 여행하다 보니 홀로 떠난 첫 여행의 느낌 같은 건 이제 가물가물합니다. 다만 마키가 비행기에서 내려 서울로 오면서 덤덤했던 건 얼마 전 내가 도쿄에 갔을 때 느낀 기분과 똑같네요. 마키 말대로 일상의 연장 같은 느낌, 분명 몇 년 만에 심지어 비행기를 타고 온 곳인데도 평범한 일상이 장소만 바뀌어 펼쳐지는 듯했었죠.

가끔은 서울이나 도쿄나 별 차이가 없는 것 같아서 마음이 시들해지고 이제는 다른 나라에 가 볼까 생각이 들기도 하지만 결국에는 다시 도쿄에 가게 됩니다. 얼마나 변하고 또 변하지 않았을까 자꾸 궁금해지는 거예요. 내가 지금 발붙이고 살아가는 곳이 아닌 한 도시를 오랫동안 좋아하고 관찰하고 경험하면서 생기는 통과의례 같은 감정일 겁니다.

연말연시에는 늘 정신이 없지만 이번에는 유독 허둥지둥하며 가족이 뿔뿔이 흩어져 보냈습니다. 작년에 쓴 편지에서도 코로나가 코앞까지 들이닥쳐 정신없었다고 했는데, 이번에는 새해를 이틀 앞두고 할머니가 심한 폐렴으로 병원에 입원하셨거든요. 할머니 간호로 부모님은 병원에 번갈아 가시고 나는 나대로 겨울방학에 들어간 조카를 혼자 돌보며 일해야 하는 상황이 연말부터 이어졌습니다. 2년 연속 이렇다 보니 가족이 다 모여 새해를 맞는 일도 역시 당연하지 않구나 새삼 느낍니다.

다행히 할머니는 얼마 전 퇴원하셨습니다. 그

런데 전과는 다르게 항상 옆에 누군가 있어야 해서 어쩔 수 없이 요양병원으로 모셨어요. 치매 증상이 심해진 탓도 있고 연로한 부모님이 돌봄을 떠맡기도 힘든 상황이었습니다. 두 분도 두 분의 생활이 있고요. 요양병원으로 모시자는 이야기가 나오고 병원을 알아볼 때는 죄책감으로 가족 모두 마음이 좋지 않아서 집안에 어두운 분위기가 감돌았습니다. 지금은 할머니를 요양병원에 모신 것이 오히려 좋았다는 생각도 듭니다. 전보다 건강을 많이 회복하셨고 부모님도 육체적 정신적 부담이 줄어 안정을 찾으셨거든요. 직접 돌볼 수 있는 상황이라면 가장 좋겠지만, 그렇지 않다면 여러 선택지를 두고 간병의 방식을 고를 수 있어야 한다고 생각합니다.

그런 점에서 수명 연장이나 100세 시대 같은 말을 들으면 이게 마냥 좋아할 일인가 의문이 듭니다. 현재로서는 그에 맞는 사회적 시스템을 충분히 갖추지 못한 상태에서 수명만 늘어나고 있다는 느낌을 떨칠 수가 없거든요. 건강하게 살아야 의미가 있을 텐데 늙고 병든 몸으로 연장된 삶을 살아야 하잖아요. 더불어 노인 일자리와 수입, 간병 등의 노후 문제가 심각한 수준입니다. 나도 언젠가 할머니가 되겠지만 이런 것들을 생각하면 오래 사는 게 다 무슨 소용인가 싶어요. 그저 나이가 들어서도 호기심을 잃지 않고 건강하게 일하며 살다가 적당한 나이에 누구에게도 폐 끼치지 않고 갈 수 있기를 바랄 뿐입니다.

작년에 도쿄에서 염색공예 작가 유노키 사미

로 씨의 작은 전시를 보았는데, 그분 연세가 100세였습니다. 작품들이 경쾌하고 따뜻해서 좋았는데 지금도 활발히 활동하고 계시더군요. 1월부터 일본민예관에서 '탄생 100년 유노키 사미로 전'이 열리고 있어서 전시를 보러 또 도쿄에 가야 하나 고민입니다. 100세에도 그렇게 활약할 수 있는 건 아주 특별한 경우겠지요.

할머니의 간병 문제를 겪으면서 인생이란 대체 뭘까 하는 생각과 함께 나의 마지막에 대해 자주 떠올려 보았습니다. 독거노인이 먼 미래의 내 모습일 테니까요. 나는 앞으로도 결혼하지 않을 것이고 (아마도) 아이도 없을 테니 결국 언젠가는 혼자 남을 거라는 사실. 그래서 나는 지금부터 노후도 노후지만, 언젠가 찾아올 나의 마지막에 대해 고민해야 하지 않을까 싶습니다. 그중에서도 생명 연장과 직결되는 아주 어려운 결정을 다른 가족에게 떠넘기는 부담은 주지 말아야겠다고 생각했습니다. 연명치료 거부 신청을 해 놓는다든가 하는 식으로.

이런 생각을 하며 지내던 와중에 마침 일본에서 드라마 〈브러쉬 업 라이프〉가 시작되었습니다. 약간의 판타지 요소가 가미되어 있지만 왠지 그럴 법한 내용의 드라마죠. 삼십 대에 갑작스러운 사고로 죽은 여자가 간 곳은 생과 생을 연결하는 하얀 방. 그런데 주인공은 다음 생에서 개미핥기로 살아야 한다는 통보를 받습니다. 죽어도(?) 개미핥기는 되기 싫은 여자에게 안내자는 본래 살았던 삶을 다시 살며 덕을 쌓으면 인간으로 태어날 수 있다고 말합니다. 그 말에 여자는 인생 2회차를 선택하게 되고… 그렇게 이야기가 전개되어 지금 주인공은 인생 3회차를 살고 있습니다. (네?) 인생 3회차 정도 되니 이제는 모든 일에 능숙해서 공부도 곧잘 하고, 매일 길거리의 쓰레기를 줍고 1회차, 2회차 때 어려움에 빠졌던 사람들을 구하며 덕을 쌓습니다. 이렇게 인생 4회차, 5회차까지 가다 보면 주인공은 인간으로 환생할 수 있을까요?

이 드라마를 보면서 나는 지금까지 얼마나 덕을 쌓아 왔을까, 죽으면 바로 인간으로 다시 태어날 수 있을까, 누군가의 인생에 도움이 되고 있나, 하는 생각이 들었습니다. 나로서는 지금의 나로 살아가는 일도 벅찬데. 아, 이 말로 내 인생이 1회차라는 게 판명이 난 걸까요. 그나저나 주인공이 쓰레기를 줍는 장면은 드라마 〈중쇄를 찍자!〉에서 오다기리 죠가 매일 쓰레기를 주우며 덕을 쌓던 장면과 중첩되더라고요. 티끌 모아 태산처럼 작은 덕도 계속 쌓다 보면 커다란 행운을 정말로 가져다주려나. 마키는 가끔 보면 인생을 달관한 듯한 느낌이 드는데 설마 이번 생이 2회차 이상인 건 아닌지. 나는 언제나 내가 별로라고 생각해서 인생 2회차, 3회차를 살면 지금보다 더 나은 사람으로 살 수 있을까, 이 드라마를 보며 생각했습니다.

한국은 일본처럼 그해 처음 꾸는 꿈을 특별히 여기는 풍습은 없어요. 그래서 처음 도쿄에서 지낼 때 새해 첫 꿈, 첫 참배, 첫 판매 같은 말을 듣고 신기했습니다. 그때부터 나도 첫 꿈을 의식했던 것 같아요. 마키의 편지를 보고 올해 첫 꿈을 떠올려 보았습니다.

꿈속에서 나는 어느 육교 위에 서 있었어요. 아래로 쭉 뻗은 길 양옆에는 벚나무가 가득했고 그 사이로 빨갛고 따뜻한 해가 솟아올랐습니다. 벚꽃 잎이 땅에 가득 떨어져 있었는데 햇살이 그 위를 비추어 아름다웠지요. 그 모습을 한참 바라보고 있는데 어디선가 조카가 불쑥 나타나 내 손을 잡아끄는 게 아니겠어요. 다음 장면에서는 한술 더 떠서 푸른 들판에 무수히 많은 강아지가 귀를 휘날리며 나를 향해 달려왔습니다. 어찌나 힘차게 달려오는지 무서워서 피하면서도 귀엽다고 생각하다가 잠에서 깼습니다. 첫 꿈답게 희망이 넘치면서 아름다운 기운이 담긴 꿈인데 끝은 조카와 강아지였네요. 별거 아닌 꿈 같지만 예쁜 조카와 귀여운 강아지가 나왔고, 육교 위에서 본 일출과 벚꽃길의 모습이 생생히 아름다웠고, 꿈을 꾸면서 그리고 잠에서 깨서도 기분이 좋았으니 그걸로 나는 길몽이라고 생각하기로 했습니다.

갈매기 자매 활동도 곧 2년째에 접어드네요. 그동안 마키와 참 많은 이야기를 나눈 것 같습니다. 편지로 시작해 서울과 도쿄의 좋아하는 것들을 소개하는 웹사이트 개설까지. 초반에는 우왕좌왕하면서 고민하고 시행착오도 겪었지요. 버거워서 헐떡거리기도 하면서. 그런데 역시 해서 좋았다고 생각합니다. 적어도 자유롭지 못했던 시간을 함께 견디고 서로 힘을 북돋우며 마음만은 풍요롭게 지냈으니까. 올해는 또 어디를 향해 날아가 볼까요? 어떤 목표든 지금까지 해 온 것처럼, 우리답게 천천히 느긋하게, 무리하지 않고 즐기면서 하면 되겠지요(늘 주문처럼 하는 말이지만). 앞으로도 잘 부탁합니다.

2023년 3월

추신:

최근 행복했던 순간이 있었는지 물었죠. 그 물음에 지난 몇 달간의 내 생활을 뒤돌아보았습니다. 그런데 이상하게도 그렇게 느낄 만한 순간이 전혀 떠오르지 않는 거예요. 여러 일들로 싱숭생숭했는데 그래서 마음이 비죽비죽 날이 섰던 것도 같습니다. 이럴 때 SNS는 쥐약입니다. 휴대전화 속 전시된 타인의 인생과 현실 속 나를 비교하다 보면 질투와 미움의 감정에 휘말릴 게 뻔해서 가급적 멀리하고 도망치듯 일만 했습니다. 이 시기 나의 작고 작은 즐거움이라면 자기 전에 한 편씩 보았던 '일드'일 거예요.

그런데 무심히 책상 위를 둘러보다가 마키의 그릇을 발견했습니다. 작년에 도쿄에서 만났을 때 마키의 깨진 그릇을 내가 수선하기 위해 가지고 왔잖아요. 깨지고 이가 나간 그릇을 붙이고 채우고 갈아 내면서 고치고 있습니다. 킨츠기 시간을 확보하기 쉽지 않지만 짬을 내어 손을 움직이는 시간이야말로 지금의 나에게는 유일한 평화입니다. 행복과는 조금 다른 결의 감정 같지만.

마키의 그릇을 수선할 수 있어 좋았습니다. 밀푀유처럼 여러 감정이 겹겹이 쌓인 끝에 자그마한 행복이 된 것 같습니다. 일에서 느끼는 성취감과는 다르지요. 내 손이 닿는 누군가에게 작은 도움이 되고 있구나 하는 느낌에서 오는 자기 효능감일 수도 있겠습니다. 폭발하듯 샘솟는 행복은 아니지만 은근하게 퍼져 오랫동안 여운이 남는 행복. 완성된 그릇을 곧 마키에게 전할 수 있기를 바라며.

마키의 그릇

Life in Art
SAMIRO YUNOKI
L'EXPOSITION
DE LITHO
GRAPHIES
柚木沙弥郎
新作リトグラフ展
MON
PARIS!
MON
TOKYO!
2022.10.14 fri - 11.8 tue
at IDÉE TOKYO &
IDÉE SHOP Umeda
IDÉE

IDÉE
「アートは飾って眺めるもので、ただそこにあるだけでいいもの。」

에필로그

답장하고 싶은 기분

——— 학창 시절 친구들과의 편지 교환에 푹 빠졌던 시기가 있었습니다. 노트 한쪽에 편지를 쓰고 예쁘게 접어서 점심시간에 건네주거나 수업 중에 선생님 몰래 전하기도 했습니다. 수업이 지루하다든가 지금 무엇에 빠져 있다든가 하는 내용이 대부분이었습니다. 좋아하는 사람에 대한 이야기나 소문들, 불만도 물론 들어 있었지요. 시시콜콜한 비밀을 수다 떨듯이 편하게 주고받았던 그 무렵의 편지들. 같은 시대를 살았다면 분명 그리운 풍경일 겁니다. 그랬던 편지의 자리를 어느새 메일이, 문자 메시지가, SNS가 차지해 버렸어요. 굳이 편지를 쓰지 않아도 언제든 가벼운 이야기를 나눌 수 있게 되었지요. 그렇기 때문에 이 시절에 편지를 쓴다는 행위는 특별하게 느껴지는 것 같습니다.

하나 언니와 '갈매기 자매'라는 이름으로 편지를 나눈 날들은 제게 편지의 새로운 기쁨을 알려 주었습니다. 정처 없이 흘러가는 일상에서 그냥 지나쳐 버리기 쉬운 사소한 일이나 내면에 잠들어 있던 감정들, 약간의 위화감이 들던 순간들을 붙잡아 두고 메모해 갔습니다. 그렇게 나누고 싶은 이야기를 고르고 고르며 바다 건너의 친구를 생각하며 2년을 보냈습니다. 팬데믹 기간 동안 평온하고 즐겁게 편지를 나눌 수 있어서 행운이었다고 생각합니다.

이토록 오랫동안 누군가와 긴 편지를 나눈 적은 처음입니다. 무슨 이야기를 써야 할지 갈피를 잡을 수 없고 새하얀 모니터를 마주하고 있자니 어쩐지 내키지 않는 느낌이 들기도 했지만, 일단 시작해 보니 방법은 달라졌어도 누군가를 생각하며 한 글자 한 글자 신중히 쓰는 마음은 똑같더군요. 형식이 어떻든 역시 편지는 좋다고 생각합니다.

갈매기 자매의 편지를 책으로 만들어 주신 카멜북스와 김난아 편집자님, 고맙습니다. 이 책을 읽어 주시는 독자들께도 감사의 말씀을 전합니다. 마지막으로 제가 좋아하는 한국어 인사를 남깁니다. 좋은 날 되세요.

마키

——— 제게는 보물과 같은 작은 상자가 있습니다. 그 상자에는 편지지에, 엽서에, 메모지에 쓰인 다양한 편지들이 가득 차 있습니다. 오래 다니던 회사를 퇴사하며 동기에게 받은 편지, 도쿄에서 일본어학교를 졸업할 때 같이 공부했던 친구들과 무인양품 아르바이트를 그만둘 때 같이 일했던 친구들에게 받은 편지들, 긴 시간 서로 응원하며 지낸 분에게 받은 엽서들과 내게 한국어 수업을 들은 학생들이 써 준 편지, 언젠가의 연하장, 조카에게서 받은 편지. 그리고 그 안에는 마키가 서툰 한글로 쓴 편지와 일본어로 멋지게 쓴 편지도 있습니다. 가끔 편지 상자를 열어 보면 과거의 기억들이 새록새록 떠올라 마음이 몽글몽글해지고 새삼 답장을 하고 싶은 기분이 듭니다.

코로나19 팬데믹 한가운데서 이 편지를 시작했습니다. 오랜만에 평범한 일상에서 반짝이는 순간을 줍고, 꾹꾹 숨기고 담아 두었던 마음을 털어놓는다는 느낌이 들었습니다. 쑥쓰럽고 망설여지지만 편지라서 할 수 있었던 말도 있었던 것 같습니다. 이미 주고받은 열네 통의 편지에 내용을 더하고, 잠시 멈추었던 편지를 다시 나눈 것이 이렇게 책으로 묶였습니다. 그때의 마음인지 지금의 마음인지 알 수 없는 이야기들이 뒤엉키고 심지어 누구에게 편지를 쓰고 있는지 혼란스러울 때도 있었지만 지난 시간과 현재를 차분히 더듬으며 커서가 깜빡이는 하얀 화면을 채워 나갔습니다.

갈매기 자매 활동이 벌써 3년째를 맞았습니다. 언제까지고 일상을 옥죌 것 같던 제약도 이제는 거의 사라졌고 서울과 도쿄도 다시 왕래할 수 있게 되었습니다. 그 지난한 시간을 어떻게 지나온 걸까요? 저마다 자신과 서로의 일상을 지키기 위해 무던히 힘쓰며 버텨 낸 시간일 테지요. 저는 역시 마키와의 서신에 위로를 받고 힘을 얻고 조금이나마 밝게 견딜 수 있었다고 생각합니다.

갈매기 자매에게 관심을 가지고 서적화를 제안해 주신 김난아 편집자님, 멋진 책을 만들어 주신 카멜북스, 정말 감사합니다. 덕분에 마키와 계속해서 편지를 나눌 기회를 가질 수 있었습니다. 갈매기 자매의 멋진 로고를 만들어 주고 지금도 매거진의 디자인을 맡고 있는 호지 님, 태용 님, 감사해요. 성산동의 카페에서 두 분과 만나 이야기를 나누었던 그날이 아직도 기억에 남아 있습니다. 그리고 갈매기 자매를 응원해 주시는 분들, 지극히 평범하고 소소한 우리의 편지를 읽어 주시는 독자들께도 감사의 말씀을 전합니다.

이 책은 저의 편지로 끝나 있습니다. 마키의 답장을 넣지 않은 것은 이 편지가 여기서 멈추지 않고 언젠가 다시 이어지기를 바라는 마음에서입니다. 그러므로 마지막 인사는 마키에게. 앞으로 더 많은 걸 나누게 될 친구 마키, 고맙다는 말로 다 채우지 못할 정도로 고맙습니다. 언제나 그렇듯 우리는 곧 다음 편지에서 만나요.

하나

SNACK 雪ん子 COFFEE

セピア目白

POST

이상하게 그리운 기분

초판 1쇄 발행 2023년 8월 11일

지은이 갈매기 자매(하나, 마키)
옮긴이 서하나
펴낸이 이광재

책임편집 김난아
디자인 이창주
마케팅 정가현 **영업** 허남, 성현서

펴낸곳 카멜북스 **출판등록** 제311-2012-000068호
주소 서울특별시 마포구 양화로12길 26 지월드빌딩 (서교동 395-7) 3층
전화 02-3144-7113 **팩스** 02-6442-8610 **이메일** camelbook@naver.com
홈페이지 www.camelbooks.co.kr **페이스북** www.facebook.com/camelbooks
인스타그램 www.instagram.com/camelbook

ISBN 979-11-982198-5-5(03810)

• 책 가격은 뒤표지에 있습니다.
• 파본은 구입하신 서점에서 교환해 드립니다.